Mirta
delle Murate

Sheila Ribeiro Pereira

Mirta delle Murate

— ilustrado por Talitha Pereira —

BELLA EDITORA

THEA

trazendo à luz
o protagonismo
feminino

Para Carolina, Elvira, Marietta,
Natália, Selvina, Neuza e Nilce,
mulheres que me antecederam,
e para aquelas que são meu
presente e porvir: Cláudia, Maira,
Talitha, Naiara, Laila e Lis.

Agradecimentos

À Olga Lamas, por conduzir o processo
que me encaminhou para a escrita,
ao Claudiano, por aclarar minhas
dúvidas, ler e me estimular a seguir,
à Ana Landi, por acreditar e se
empenhar pelo mais delicado resultado.

Ao meu marido, Darcio,
meu mais fiel e generoso leitor.

Sumário

Nota da autora

Esta é uma obra de ficção, mas talvez não!

Os fatos relatados se desenrolaram durante o Renascimento, do final do século XV até meados do século XVI, em plena Idade Moderna, período que conta com vasto registro documental e literário, e cujos conceitos, filosofia, crenças, modismos, costumes, culinária e descobertas científicas serviram de elemento cênico à trama narrada.

A efervescência política e os arranjos entre Igreja e Estado, ocorridos durante o lapso temporal em que se acomoda a história, também são genuínos, assim como a trajetória das personagens célebres citadas e de algumas não tão renomadas. Os avanços da ciência médica e os medicamentos referidos no texto encontram anotação em inúmeros textos científicos, tendo sua utilização comprovada. O convento beneditino que serve de palco à narrativa ainda resiste em Florença e, muito embora pouco reste de sua arquitetura original, sobram documentos acerca das atividades desenvolvidas pelas monjas e que se mostrarão fundamentais como suporte para os fatos descritos. Tão verídica quanto inclemente também é a opressão sofrida pelas mulheres do período, dentro e fora da Igreja, com consequências para a condição feminina que se arrastam até os dias de hoje, lamentavelmente.

Todos os ganhos, perdas e dores sofridos pelas personagens que conduzem a narrativa são de autenticidade humana comprovável. Se não mantêm vínculos com a realidade, através da existência atestada desta ou daquela protagonista, permanecem reais por meio das vidas de incontáveis outras mulheres que viveram sob o arbítrio das convenções religiosas e sociais de então.

Os nomes leigos das noviças se mantiveram inalterados mesmo após a consagração religiosa, como expediente para proporcionar maior intimidade e clareza ao texto.

Mirta delle Murate

1496

I

Florença. Sentada diante de três monges beneditinos, Mirta se rende à dor que tomou sua vida. Seus pés exaustos, esfolados pelas tiras das sandálias de couro, finalmente descansam, rendidos. A falta de beleza da saia marrom acinzentada paira por sobre eles feito um dossel, a protegê-los com piedade e empatia. Uma angústia glacial, exacerbada pelas paredes de pedra da abadia, pelo hábito negro dos monges e pela pouca luz daquela madrugada de outono, envolve a moça. Ela sabe que, a partir de agora, a desolação será sua companheira inseparável.

As vozes dos monges ecoam pela nave da capela, em ritmo acusatório, produzindo uma mistura de sons quase incompreensível. Mas ela não se importa; está ausente do barulho externo, oprimida e absorvida pelo turbilhão de lembranças, medo e dor que passou a ser sua mais fiel definição desde que Lorenzo fora arrancado de seu futuro. Ela repassa mentalmente sua história recente, a luta travada, a guerra perdida e conclui que acabara privada de tudo – seu grande amor, planos, o porvir em parceria e, agora, sua liberdade.

Seu tio Giovanni, coordenando o suplício religioso, segue com a doutrinação enquanto ela, alheada à infindável sucessão de palavras e rezas, rumina que a catequese não faz qualquer diferença; nada elimina ou acrescenta ao quadro já finalizado e entregue de seu destino ou acrescenta algo a ele. Sua sorte será o claustro, maquiado de chamado religioso, uma condenação sem data para terminar e que irá travestir de iluminação o exílio, oferecendo ao religioso tempo bastante para que a sobrinha seja esquecida por trás dos muros do convento.

O sermão segue e Mirta capta, em meio ao amontoado de palavras, citações bíblicas e ameaças de fogo eterno, a intenção de transmutar em privilégio a pena que lhe é imposta. Ao usurpar sua vida, o tio garante a si mesmo o direito de seguir com a dele, sem ameaças a uma estabilidade de reverência e alguma regalia. Giovanni assevera que a vida da jovem será poupada de intrigas e acusações, e ela vê nessa salvaguarda imposta a perpetuação de um martírio, uma mortificação sem redenção. A pregação se encerra e Mirta sente um pequeno alívio. Finalmente será deixada consigo mesma para prantear suas dores.

A sobrinha de Giovanni é conduzida a seus aposentos temporários. O quarto, mal iluminado por uma pequena janela junto ao teto, abriga uma cama estreita e uma mesa de madeira guarnecida por uma cadeira. Na mesa, repousam uma vela e um jarro de água; todo o mais é incerteza e desesperança. Sozinha ela observa, sem opor resistência, a dor do abandono expandir fronteiras, alcançando até os ossos de seu corpo jovem e delicado. Mirta revisa os caminhos tomados por sua história malsucedida. Recapitula o arrebatamento amoroso nascido de um encontro casual na praça do mercado, a ventura e o frenesi da paixão correspondida, a euforia com os projetos de vida a dois, a objeção familiar, a fuga abrupta e a desgraça.

As relações de parentesco de cada um dos dois jovens amantes não seriam dignas de nota não fosse a oposição que faziam ao projeto pessoal de Giovanni Martelli, tio de Mirta e prior em campanha para se eleger abade. Almejando escalar degraus na carreira eclesiástica, o romance entre sua sobrinha e o filho de Jocopo Friano, um comerciante sobre o qual pairava a injusta acusação de heresia, parida a título de punição por um pároco vaidoso e refratário a inquirições dos fiéis, se transformara em entrave a seus projetos de ascensão, em uma área onde a disputa acirrada é capaz de materializar qualquer suspeita em obstáculo intransponível.

Mirta, no frescor de seus dezesseis anos, resistiu à provação com galhardia, certa de que o amor os conduziria à segurança e calmaria. Em situações normais, em que a disputa política não era a protagonista, os jovens teriam sido tachados de pecadores, as famílias se declarariam envergonhadas, eles seriam excluídos do seio familiar para sempre ou por tempo suficiente para o escândalo esmaecer. A história se encerraria aí, já que uma perseguição demanda recursos de que indivíduos com reservas minguadas não dispõem. Os jovens amantes contavam com isso, mas foram surpreendidos por uma busca que culminou com a morte de Lorenzo e a condenação de Mirta ao isolamento.

A fuga do casal fora usada para afastar o religioso de seus planos. A disputa política fizera com que a oposição a Giovanni propositadamente rotulasse Lorenzo e Mirta de hereges adoradores do demônio, e o vínculo sanguíneo entre tio e sobrinha bastou para abastecer as narrativas de mistério e escândalo, conferindo um ar de veracidade às acusações.

O cenário acusatório ganhou cores mais vivas com a decisão do casal de viver em pecado. O imaginário popular, estimulado por crenças religiosas envolvendo labaredas, torturas e demônios, e pelo corrente apreço pela boataria, criou histórias nas quais Mirta e Lorenzo protagonizavam sabás abrangendo relações sexuais com seres demoníacos, sangue humano e a escritura sagrada.

A publicação do "Malleus Maleficarum" ("O Martelo das Bruxas"), em 1487, um guia de combate aos hereges escrito por frades dominicanos que orientou tribunais seculares e teve dezenas de impressões ao longo de décadas, serviu de pano de fundo para a estratégia adotado pela oposição a Giovanni. O manual de inquisidores apontava a mulher como única responsável pela onda de bruxaria e conspiração diabólica para corromper a Igreja. O homem era apenas coadjuvante da prática, já que qualquer pacto com Satã, obrigatoriamente, deveria ser selado por uma relação heterossexual. Essa teoria, fervorosamente defendida pelo guia, servia como uma luva aos interesses dos inimigos do prior, em especial ao monge beneditino Domenico Genazzano, que disputava o mesmo cargo.

Ardilosamente, os opositores de Giovanni Martelli enxergaram na fuga dos jovens a oportunidade de vincular o prior a festins demoníacos protagonizados por sua sobrinha, minimizando a participação de Lorenzo nas orgias infernais, conforme asseverava "O Martelo das Bruxas". A ambição eclesiástica produziu até mesmo testemunhas das odes a Satã. Algumas diziam haver escapado da morte por pouco, rezando e correndo na escuridão da noite para longe dos representantes das trevas, que se reuniam ora nos limites orientais de Florença, ora às portas de alguma igreja ou em qualquer outro lugar.

Os relatos falaciosos buscavam, de alguma maneira, associar o prior às práticas hereges, e a farsa se apressou em levantar suspeitas junto ao populacho de que ele fosse mesmo um enviado da escuridão infiltrado na casa de Deus. O grau de mexerico popular alcançou um ponto em que, a Giovanni, não restava alternativa que não a de fazer a sobrinha vítima de um rapto articulado por Lorenzo e Jocopo para atacá-lo e às instituições religiosas. Resgatar Mirta e trazê-la de volta ao convívio familiar, deixando toda a responsabilidade do ocorrido aos dois homens, era a saída politicamente mais arguciosa. De uma só vez, ela eliminaria a ameaça de associação com blasfemos e criaturas encantadas e demonstraria seu pendor para o posto almejado, já que, como é sabido, as trevas sempre atacam a luz...

Ratificando sua história estaria a espontânea decisão de Mirta de se entregar a uma vida de reclusão, na busca pelo perdão por ter sido usada como arma contra os valores cristãos e a própria Igreja. Em seu favor, o prior contava com a resistência enfrentada pelo "Malleus Maleficarum" dentro da Igreja, que chegou a incluí-lo no Índice dos Livros Proibidos. As acusações de sacrilégio e bruxaria, embora encontrassem confortável espaço no gosto popular, em sua maioria eram rechaçadas pela instituição, e Giovanni viu nessa oposição o descanso para sua consciência, pois dificilmente Jocopo e Lorenzo seriam condenados em um improvável processo inquisitório.

E foi assim que Mirta acabou arrancada de sua escolha e conduzida a um destino jamais pensado por ela.

Jovem alegre, de fala fácil, popular entre seus iguais e benquista por muitos, Mirta tinha como projeto de vida casar, ter filhos e sobreviver decentemente. Sua mãe, Lucrezia, enviuvara muito jovem e, sem apoio familiar, tendo por único parente vivo o irmão religioso, que à época engatinhava na carreira eclesiástica, precisou abraçar o ofício de lavadeira para sustentar a criança de três anos e a si mesma.

Mirta cresceu sem luxos, mas em segurança. Aos poucos, passou a ajudar a mãe na defesa da subsistência, a princípio fazendo pequenas entregas e, posteriormente, lavando, passando, saindo às compras. Com a ascensão de Giovanni a uma posição que lhes provia respeito e estabilidade econômica, as duas passaram a receber ajuda financeira e a vida se tornou mais amena. A partir de então, Mirta, em seus catorze anos, ficou encarregada dos afazeres domésticos e de pequenas tarefas que incluíam o abastecimento da despensa. A vida seguiu assim tranquila por cerca de um ano até que, em uma das visitas ao mercado, Mirta encontrou a paixão nos olhos de Lorenzo.

O encontro foi fatal. Lorenzo se encantou com a jovem pequena de cabelos negros e longos, olhos esverdeados brilhantes, nariz altivo e um sorriso denotando leveza e profundidade. Mirta, por sua vez, perdeu-se no olhar inquieto do rapaz sorridente, que a examinava à minúcia, como se buscasse algo há muito ali perdido. Magro, estatura média, cabelos pelo ombro mal contidos dentro de um gorro vermelho que os deixava escapar pelos lados e rosto de contorno salpicado por uns poucos pelos, revelando idade próxima dos dezoito anos, ele lhe pareceu a criatura mais adorável jamais vista.

A troca de olhares os arrebatou. A partir desse dia, Lorenzo passou a ocupar a alma de Mirta onde quer que ela fosse. Sua mãe a percebeu distraída, muitas vezes fitando o nada com um sorriso nos lábios, mas, se indagada sobre o que ia em sua cabeça, Mirta respondia de forma vaga, mudando a direção da conversa. Entre o encontro transformador e a decisão de viver de qualquer maneira a paixão que os tomara não se passaram mais de seis meses. Os jovens tiveram um período de tranquilidade no início do romance, apesar da conturbada situação política enfrentada por Florença.

Seu governante, Piero de Medici, havia caído em desgraça e fugido rumo ao exílio em novembro de 1494. A partir de então, a cidade entrou em ebulição, e as ruas passaram a ser ocupadas por uma mistura de medo, ódio, disputas, brigas e incertezas. Entorpecidos pela paixão, os dois jovens mal se davam conta da crise que assolava Florença, até serem despertados pelas consequências de uma discussão travada entre o pai de Lorenzo e um padre ultraconservador durante um serviço católico.

Homem impetuoso, Jocopo Friano gostava das discussões retóricas. Os amigos costumavam provocá-lo apenas para se divertirem com sua argumentação rápida, cheia de palavras fortes e entonação incisiva. Religioso e com aguçado senso crítico, tinha por hábito estudar as escrituras e discutir suas conclusões com os conhecidos e também com os clientes do mercado. De origem modesta, filho de um mercador de azeite, profissão abraçada mais por herança que por vocação, o comerciante aprendera a ler na adolescência por obra da caridade de um clérigo determinado a tornar o conhecimento acessível às camadas mais humildes.

O projeto não tivera vida longa, mas fora suficiente para que Jocopo aprendesse a ler. A princípio, a leitura era um exercício claudicante, que deixava a compreensão do texto ao amparo das ilustrações, mas com a insistência as frases foram se formando, o sentido dos textos se desvelando e o senso crítico de Jocopo ganhando robustez. Temente a Deus e ao fogo do inferno, Jocopo sentia culpa a cada dúvida e questionamento que seu pensamento, que não temia nada, formulava. Com o passar dos anos, ele mesmo foi perdendo o medo, passando a externar algumas das cismas produzidas por sua mente indomável, o que acabaria por levá-lo à desgraça.

O espírito curioso e o acurado senso crítico de Jocopo fizeram dele um aluno irrepreensível. Seu professor passou a admirá-lo de tal maneira que, quando o projeto educativo caiu por terra, vitimado por algum preconceito e muita inveja, o padre professor deu a ele uma cópia impressa do "Livro dos Evangelhos", privilégio inimaginável para um jovem acostumado a privações.

O advento da tipografia, duas décadas antes da extraordinária deferência, havia permitido ao religioso amante do saber constituir biblioteca própria com pouco mais de meia dúzia de livros, quase todos sagrados. Tendo herdado de um tio, notário em Veneza, um pequeno e rico acervo literário que contava até mesmo com uma cópia manuscrita da Bíblia repleta de iluminuras, o educador vislumbrou a possibilidade de laurear Jocopo com um de seus antigos livros.

Isso por reconhecê-lo como discípulo dedicado, mas também em parte para provocar desconforto aos que se opuseram ao seu projeto educacional.

A tragédia aportou na vida de Jocopo quando ele, em dúvida sincera, questionou um padre sobre os locais das aparições de Jesus ressurreto, pois as escrituras sagradas apontavam incongruências quanto à geografia e aos abençoados que presenciaram o milagre. Jocopo se referia ao fato de os evangelhos de Mateus e Marcos apontarem a Galileia como o local da aparição, enquanto o de Lucas afirmava que o milagre ocorrera nos arredores de Jerusalém. A pergunta de Jocopo foi recebida como ousadia desmesurada, resultando em um sermão que nas entrelinhas o acusava de estar influenciado pelas trevas, em cruel espetáculo de enxovalhamento público.

A bem da verdade, havia muito que suas perguntas e dúvidas perturbavam o pároco. Para o religioso, a falastrice de Jocopo era a comprovação de que o conhecimento deve ser reservado a sacerdotes e nobres. Ele já havia feito um alerta a seus pares sobre os problemas causados pelo homem argumentador que perturbava o serviço dominical com um comportamento sem propósito, resultado da irresponsável e afrontosa doação de um livro cuja posse deveria ser restrita às elites. O escarcéu do padre elitista atiçou a maledicência, dando início a uma sequência de acusações carentes de fundamento, todas elas ratificadas pelo testemunho de desafetos, amigos, vizinhos e até mesmo de desconhecidos que, temendo arder no inferno, apressaram-se a apontar dedos e a carregar nas cores de episódios os mais simples e corriqueiros, transformando-os em novas heresias.

A essa altura, Mirta e Lorenzo já se encontravam enamorados de forma irrecuperável. À medida que a situação de Jocopo se complicava, o romance assumia importância incomum para pessoas ordinárias como eles, e os jovens perceberam que a única saída seria a fuga.

A decisão ganhou reforço quando a religiosidade de Jocopo começou a arrefecer. A sequência de denúncias improcedentes despertou no vendedor de azeite um desejo de justiça que demandava emancipação do mando do sagrado. O comerciante entendeu, amparado por seu pensar analítico, que a condenação a seu comportamento questionador dependia do olhar alheio, dos valores particulares de uma autoridade eclesiástica com poder para estabelecer seu ponto de vista pessoal como única via correta. Jocopo percebeu que não tinha o direito de pensar de forma autônoma e crítica, e que sua história de homem reto, temente a Deus, de nada valia diante da soberba de um pároco investido de autoridade.

Ao ver sua danação ganhar corpo, ele concluiu que o filho poderia ser a próxima vítima das línguas viperinas e entregou a ele as exíguas reservas das quais dispunha, orientando Lorenzo a tentar a sorte longe de Florença. Jocopo confiou ao filho o exemplar do livro sagrado na esperança de proteger seus dois bens mais preciosos. E assim, de forma atabalhoada, Mirta e Lorenzo partiram na escuridão da noite rumo ao desconhecido, guiados pela esperança de conseguir paz e amparados pelo amor que sentiam. Além do livro e dos parcos recursos, levavam consigo, amarrados num lençol, uma muda de roupa e um casaco para cada um. Em uma bolsa acomodaram pão, um odre com azeite e outro com vinho, amêndoas, um pedaço de queijo pecorino e uma linguiça. Envolvendo o casal, ia a sombra dos fadados à dor.

Os enamorados andaram o suficiente para deixar os limites de Florença sem serem vistos e pararam para descansar, aguardando a matinada. Nos três primeiros dias caminharam ao alvorecer acompanhando o curso do rio Arno em direção a Arezzo, escondendo-se na mata assim que o sol tomava conta do horizonte. Lorenzo se esforçava para manter Mirta alimentada, colhendo o que encontrava pela floresta repleta de ciprestes e frutas silvestres. Passavam o dia em sobressalto, temendo qualquer ruído que revelasse presença humana nas proximidades, mas ao entardecer relaxavam, lavavam-se no rio Arno, comiam, conversavam animadamente, distraídos de seu drama pessoal, e amavam-se como se o perigo não os rondasse e a vida lhes fosse gentil.

A certa altura da jornada, quando os jovens já haviam deixado Figlini Valdarno para trás, a visão de um vinhedo ao longe denunciou os limites de uma propriedade rural. Os dois enamorados tomaram a pequena estrada que se afastava da via principal e se dirigiram para lá em busca de um pouso decente. Marcando a sede do local estava uma edificação modesta porém com alguma dignidade, mais pelo cuidado do proprietário que pela abastança financeira. Ao seu lado se encontrava um homem cuidando da horta. Paolo era a alma do lugar. Lavrava a terra, ordenhava as duas vacas, alimentava os porcos e as galinhas, mimava o cavalo, seu orgulho, e guardava o minúsculo vinhedo. Casado, sem filhos, lutava para fazer da pequena propriedade a fonte de seu sustento. Reforçando a renda se encontravam suas habilidades de ferregeador de cavalos e a execução de consertos emergenciais em carroças que se acidentavam nas cercanias.

Os jovens se acercaram do homem de meia-idade, pequeno, de silhueta arredondada, tez avermelhada e bochechas salientes, e foram recebidos com um sorriso. Os dois se apresentaram como recém-casados, órfãos em busca de uma nova vida, e pediram pouso. Paolo se entusiasmou, percebeu os jovens como emissários de um novo tempo para sua propriedade e lançou a oferta: eles poderiam se acomodar em uma pequena construção ao fundo. Assim teriam abrigo e comida, e pagariam a acolhida com trabalho. Os jovens mal puderam acreditar na oferta. A sorte finalmente lhes sorria, e prontamente aceitaram a proposta. Ao ser informada da novidade, Maria Carresi, mulher de Paolo, também se animou. Os dois viviam em isolamento, assoberbados pelas demandas da casa e da propriedade. Poder contar com a energia e vitalidade de dois jovens, por uma contrapartida acessível, era um grande alívio. Maria, mulher de pulso que não temia as exigências físicas do trabalho no lar e na terra, vinha enfrentando as dores de cabeça, a insônia e a fadiga de uma menopausa precoce e viu a chegada do casal como um presente.

Mirta e Lorenzo se dirigiram para o abrigo que seria seu primeiro lar, uma pequena edícula de madeira que suplicava por reparos, utilizada para guardar enxadas, arado, ferramentas, tábuas e coisas sem utilidade. Imediatamente começaram a limpar e organizar o espaço, que em pouco tempo ganhou ares de habitação. Paolo lhes deu um antigo colchão e, juntando tábuas e improviso, os dois jovens construíram uma mesa e um banco e se sentiram protegidos e felizes. O casal foi convidado a almoçar. A primeira refeição quente após quase quatro dias de lanches regrados lhes pareceu deliciosa: um cozido de repolho, cenouras e espinafre servido com pão preto e acompanhado por cerveja.

A conversa durante o almoço se deu, por parte dos jovens, de forma contida, preocupados que estavam em não revelar pormenores que delatassem sua condição de fugitivos. Maria e Paolo, no entanto, falavam animadamente, estimulados pela oportunidade de compartilhar com estranhos os fatos de sua vida trivial e sem grandes atrativos, carregando nas cores e exagerando nos detalhes.

O casal passou dias felizes em companhia de Paolo e Maria. Lorenzo se empenhava em executar com eficiência todas as tarefas apresentadas pelo proprietário, enquanto Mirta tratava de colaborar com Maria limpando, cozinhando, preparando a cerveja, cuidando dos animais, entre outras demandas que a vida no campo produzia. O período de calmaria deu a eles a errônea impressão de que haviam sido esquecidos, deixados de lado para viver a vida que escolheram, e eles se sentiram compreendidos e abençoados.

Mirta se preocupava com Lucrezia, mas ao mesmo tempo não podia negar que desfrutava de uma felicidade da qual não poderia mais abrir mão. E, sem ter outro recurso para reparar a dor causada à genitora que não o da espera por um futuro sem ameaças a Lorenzo, a jovem perdoava a si mesma, deixando a solução do problema nas mãos de Deus. Afinal, as graças que ela havia recebido só poderiam ser obra do Criador, e caberia a Ele indicar o momento seguro para enviar notícias à mãe.

II

Ainda em 1496

Lucrezia acordou atrasada. A noite anterior havia sido perturbada por um barulho parecido com um bater de portas, seguido por vozes sussurrantes. Ela chegou a se sentar na beirada da cama, pronta para investigar o que acontecia na rua, mas desistiu, receando acordar a filha que dormia na sala e dar de cara com algum malfeitor, um bêbado qualquer ou um louco. A recente crise política enfrentada por Florença havia deixado traumas.

A lavadeira tentou voltar a dormir, porém permaneceu acordada. Repassou suas preocupações com o destino da filha, lamentando que, entre tantas possibilidades, Mirta fosse se enamorar justamente do filho de um herege capaz de manchar a imagem da família. E, em especial, a de seu irmão Giovanni, já furioso com as consequências que a paixão inesperada acarretara a suas pretensões de ascensão eclesiástica. Ela temia perder o suporte financeiro tão essencial à subsistência das duas e decidiu que, ao acordar, teria uma conversa definitiva com a filha.

O dia já começava a despontar quando Lucrezia, exausta, voltou a dormir. Quando finalmente despertou, percebeu pelo burburinho das ruas que seu dia ia ser uma correria. Aflita, enfiou o vestido habitual e, como sempre fazia todas as manhãs, adentrou a cozinha que servia de sala e quarto para Mirta. Estranhou a ausência da filha e a chamou, mas não obteve resposta. A mulher avaliou que a moça havia ido ao mercado, pois o embornal não se encontrava pendurado ao lado da porta como sempre, e matutou entre lamúrias: no mercado, a filha voltaria a se encontrar com Lorenzo! A causa da discórdia familiar, ameaçadora da segurança das duas e da carreira de Giovanni, não poderia perseverar! Ela iria falar seriamente com Mirta no final do dia. Lucrezia sentiu culpa por ter dormido demais e saiu às pressas, sem se alimentar, rumo a seus afazeres.

A irmã de Giovanni, a essa altura, prestava serviço na casa de uma família abastada. A rotina de trabalho incluía chegar bem cedo e sair apenas depois do jantar dos patrões. Enquanto caminhava apressada, antecipava o desastre que o romance da filha poderia causar em suas vidas. Pensava, lamuriava-se e acelerava o passo, temendo perder também o emprego. Chegou a seu destino esbaforida e logo foi tranquilizada: sua ausência não havia sido notada, devido à generosidade das companheiras de infortúnio que dividiam com ela as tarefas domésticas. A cooperação espontânea fez com que Lucrezia alterasse seu humor por se sentir amparada. Ela se acalmou e passou o dia em paz, sem voltar a se preocupar com Mirta.

Ao cair da noite, Lucrezia deixou o trabalho caminhando calmamente. Estranhou a falta de luminosidade ao se aproximar da casa e quase desfaleceu ao abrir a porta e dar de cara com a ausência de Mirta. Desorientada, saiu às ruas perguntando aos vizinhos, conhecidos e até a desconhecidos se haviam visto a filha. Ninguém a pôde ajudar. A mulher rondou a região sem rumo, esquadrinhando ruas e vielas em desespero. Noite alta, retornou ao lar. Vasculhou os pertences da filha e notou a falta do casaco, de duas peças de roupa e da sacola de compras. Na cozinha, encontrou um queijo partido ao meio e teve um acesso de choro. Em desespero, Lucrezia partiu em busca da ajuda de Giovanni, único e temeroso recurso que lhe restava.

A quietude da noite transformava em gritos de agonia as preocupações que convulsionavam sua cabeça. E se Mirta tivesse fugido com o filho do herege e desgraçado a família? E se estivesse morta? E se Giovanni não ajudasse e atirasse toda sua fúria sobre a menina? Sem alternativa, enfrentou o medo e a distância como quem sobe o cadafalso, seguindo em direção ao desfecho da noite.

Giovanni estranhou a visita da irmã em horário tão adiantado. Passava das vinte e duas horas e ele já havia se recolhido ao leito após as preces habituais. Na sala, o prior encontrou Lucrezia lívida e trêmula. Embora austero, apreciador das normas e da disciplina, o religioso tinha afeto pela irmã e pela sobrinha – a família que lhe restava – e a tratou com zelo e preocupação.

Lucrezia, hesitante, relatou ao religioso o motivo de sua amargura e caiu num choro sentido e soluçante. Giovanni, diante do desespero de Lucrezia e também muito preocupado, abraçou-a, procurando abrandar suas emoções, e prometeu:

– Irei ajudá-la. Mantenha a fé no Criador, minha irmã!

Mirta não poderia ter ido longe e, ao amanhecer, ele iria falar com Jocopo Friano para saber de Lorenzo. Com sorte, as coisas se esclareceriam sem grandes traumas.

O prior recomendou a Lucrezia que voltasse para casa, agindo como se tudo estivesse dentro da normalidade, comparecendo ao emprego e seguindo a rotina diária. Isso evitaria comentários e maledicências. Giovanni providenciou companhia para que ela retornasse ao lar em segurança e foi se deitar, alarmado pelo desaparecimento da sobrinha e apreensivo com as consequências que a fuga, se confirmada, traria às suas ambições de galgar degraus na carreira eclesiástica.

A manhã mal começara e um emissário de Giovanni bateu à porta de Jocopo com o convite para uma conversa com o monge. O recado informava que o assunto era urgente e de interesse mútuo. Jocopo ficou intrigado. O que uma autoridade como Giovanni poderia querer com um comerciante caluniado como ele? Divagando, concluiu que fizera muito bem em mandar o filho abandonar Florença. A Igreja se tornara motivo de decepção e desgosto para o comerciante. O vendedor de azeite se compôs o melhor que pôde e foi ao encontro do religioso, imaginando ter que se defender, uma vez mais, de acusações.

Jocopo adentrou a igreja e foi conduzido para a parte íntima do prédio. Não tardou até que Giovanni fosse ter com ele. O homem, abatido após uma noite de preocupações, causou simpatia ao pai de Lorenzo. Giovanni começou a falar de forma pausada e solene. Apresentou-se como tio de Mirta e lembrou que o outro tinha a obrigação de dizer a verdade. Perguntou sobre o paradeiro de Lorenzo e se a moça estava com ele. Jocopo se surpreendeu com o tema da conversa. Sabia que Lorenzo tinha se enamorado de Mirta, mas não imaginava que o romance fosse motivo de preocupação para o religioso e tampouco que a moça tivesse partido juntamente com seu filho.

Percebendo a seriedade da situação tanto quanto o cuidado de Giovanni em manter a conversa de forma reservada, Jocopo não mentiu. Relatou ao prior as injustiças que vinha enfrentando por conta de seu espírito curioso de dedicado estudioso da Bíblia. Jurou ser um homem temente a Deus, conduzido à decisão de proteger seu rebento por causa de imputações de blasfêmia, xingamentos entredentes e veladas ameaças de morte. Esclareceu que Lorenzo já começara a enfrentar alguma hostilidade no desempenho de suas tarefas corriqueiras. E que, cumprindo seu papel de pai, deu ao jovem suas parcas economias, recomendando que o herdeiro se afastasse de Florença enquanto as acusações persistissem e o risco permanecesse. Concluiu dizendo:

– Desconheço o rumo tomado por meu filho. Nós dois decidimos que seria mais seguro se Lorenzo escolhesse seu destino livremente, sem o meu conhecimento.

A decisão adotada fora um recurso protetivo para evitar que os braços da sanha inquisitorial, festejada pela população, pudessem alcançar o jovem. Giovanni acreditou no relato de Jocopo. Percebeu que o homem dizia a verdade nos três casos – não era herege, não sabia que Lorenzo levaria Mirta consigo e ignorava o destino escolhido pelo casal.

O religioso conhecia muito bem os abusos causados por egos inflados dentro da estrutura da Igreja. Admitia, no entanto, ter pouco poder contra um sistema sustentado pelo medo implantado nos fiéis, responsável por muitos danos a inocentes. Ainda assim, a possibilidade de ver seus planos frustrados pela impetuosidade dos jovens despertou nele uma cólera que ultrapassava a aflição da incerteza quanto ao destino da sobrinha. Giovanni pediu sigilo a Jocopo, esperando que Lucrezia tivesse sido discreta o bastante para não ampliar o falatório e as maledicências que associavam Mirta e Lorenzo a demônios e outras crenças. Não aceitaria que Mirta vivesse em pecado, mas tampouco desejava vê-la vinculada ao filho de um pretenso herege, já que o potencial de dano à sua carreira que essa combinação tinha era enorme. Ele pretendia resgatar a sobrinha doidivanas e casar os jovens, mas em momento oportuno e com planejamento, para evitar um desastre ainda maior.

No início da noite, Lucrezia voltou a visitá-lo cheia de esperança. Ouviu o relato de Giovanni sobre a conversa com Jocopo e percebeu que a filha tinha caído em desgraça. Sua suspeita se confirmou: Mirta se encontrava com Lorenzo em local não sabido. O religioso pediu calma a Lucrezia e recomendou que fosse discreta e evitasse responder sobre o paradeiro da filha.

Mas a aflição que dirigira os passos de Lucrezia na noite anterior havia causado um enorme estrago. Desesperada, ela bateu em portas e gritou pela filha por horas. O estardalhaço foi bastante para engrossar a boataria e distribuí-la pela cidade, em velocidade maior que a da peste – e com a mesma letalidade. A bisbilhotice levou o caso até os ouvidos de Domenico Genazzano, homem soberbo e de poucos escrúpulos, amante da mesa farta e dos privilégios sem causa. À revelia da Igreja e contrariando o espírito cristão, ele tratou de, à boca pequena, insuflar a população contra Jocopo e o casal, enquanto usava do púlpito para fazer insinuações a respeito do prior. Com o encorajamento do rival, os relatos de feitiçaria ganharam corpo, obrigando Giovanni a agir para recuperar a sobrinha e provar sua inocência. O resgate de Mirta seria, também, o resgate de suas chances de escalada hierárquica.

Dez dias após o sumiço, Giovanni deu início à busca da jovem, oprimido pela manipulação da ignorância popular que seus desafetos conduziam. O religioso entregou a tarefa a Marco Rossa, uma espécie de ajudante-geral que o acompanhava havia décadas, recomendando discrição e cuidado na busca. Giovanni acolhera Marco, oferecendo a ele emprego e morada na abadia, quando o então adolescente ficara órfão e desvalido. A caridade do religioso havia criado um vínculo de respeito e fidelidade entre os dois.

A procura se deu, a princípio, na direção de Pisa, cidade situada a leste de Florença. O enviado de Giovanni Martelli fez perguntas pelo caminho e visitou propriedades rurais, mas não encontrou qualquer sinal dos jovens. O prior sabia que os dois estavam vivendo não muito longe, trabalhando para sobreviver, pois a minguada quantia dada por Jocopo a Lorenzo não era suficiente para alongar pernas e passos dos jovens. Cedo ou tarde eles seriam alcançados, e o religioso rezava para que o resgate não demorasse a ponto de tornar a situação irreversível tanto para Mirta como para ele.

Nova tentativa foi feita no rumo de Siena, ao sul de Florença. Mas o resultado se mostrou igualmente frustrante: nenhuma informação útil foi conseguida. A Giovanni não restava alternativa que não seguir buscando enquanto dispusesse de recursos. Já fazia mais de um mês que o casal havia fugido sem deixar rastros, e os fantasiosos relatos de feitiçaria continuavam a circular por Florença. Mais uma jornada foi organizada, dessa vez para Arezzo. A busca parecia tão infrutífera quanto as demais, e Marco já retornava a Florença quando, nas proximidades de

Figlini Valdarno, um acidente mudou a direção da investigação e o desfecho da história.

Ao pisar em uma pedra solta na estrada, o cavalo do investigador de Giovanni perdeu uma ferradura e passou a mancar, tornando a viagem muito desconfortável para cavalo e cavaleiro. O fiel ajudante do prior abandonou a montaria e seguiu a pé, pensando em como solucionar o problema. Após meia hora de caminhada, um transeunte indicou a ele os serviços de um ferregeador, não muito longe dali. Aliviado, ele seguiu para o local ansiando por resolver a questão e retornar para casa. Marco Rossa já andava cansado de cavalgar e perguntar a esmo pelo casal desaparecido.

Ao se aproximar da pequena estrada que cortava a via principal, não percebeu qualquer sinal da casa onde moraria o tal ferregeador. Sentiu o desânimo se aproximando, mas decidiu tomar a estradinha e verificar se as informações estavam corretas. Após algumas centenas de metros, viu a casa indicada que desde a estrada não se notava e seguiu para lá.

Paolo se encontrava diante da casa alimentando as galinhas quando avistou o visitante e seu cavalo manco. Apresentações feitas, o ferreiro tratou de preparar o casco para receber a nova ferradura enquanto conversava com o viajante. Curioso, Paolo perguntou a Marco de onde vinha e para onde ia, se tinha família, o que fazia e as razões de sua viagem.

Atordoado pela marcha desastrosa e pela aflição que a possibilidade de ter que caminhar até Florença causava, Marco quase se esqueceu da busca pelo casal. As perguntas de Paolo o puseram de volta aos trilhos da investigação. Ele as respondeu de forma vaga, dizendo que estava em uma missão para o prior Giovanni Martelli, de Florença, e passou a investigar sobre os jovens desaparecidos, de forma dissimulada. O investigador indagou se o artífice recebia muitos visitantes, se trabalhava sozinho ou tinha ajudantes e qual era o tamanho da propriedade.

Paolo então relatou as dificuldades que enfrentava para conduzir os afazeres da granja, contando apenas com a ajuda de Maria. Os dois, que já não eram jovens, não tiveram filhos. Também não dispunham de recursos para contratar ajuda nem tampouco de terra e produção excedente para bancá-la. Seguiu dizendo animado que a sorte lhes sorrira havia cerca de um mês, quando um jovem casal ali parou para pedir abrigo e decidiu ficar em troca de teto e comida.

Marco quase não acreditou no golpe de sorte e, nervoso, buscou arrancar maiores informações de Paolo, perguntando a idade dos jovens e quais tarefas desempenhavam, esperando que um nome viesse à tona. A técnica funcionou e Paolo acabou, sem saber, denunciando Lorenzo e Mirta. Ingenuamente, os jovens haviam se apresentado com seus nomes verdadeiros, e esse descuido bastou para que fossem descobertos.

Marco Rossa deixou a propriedade de Paolo a galope. Em poucas horas a noite iria cair e ele queria chegar a Florença ainda com a luz do dia. O visitante saiu tão apressado que deixou Paolo intrigado, o que virou assunto no jantar. Entre uma garfada e outra, Paolo relatou os detalhes da visita do dia. Repetiu a conversa que tivera com um homem de nome Marco, em missão para um prior de Florença, e comentou sobre o interesse do investigador pelo tamanho da propriedade e o número de ajudantes. Por fim, riu ao relatar que o visitante saíra apressado, sem se despedir, após ouvir que ele contava com a ajuda do jovem casal.

Mirta e Lorenzo se olharam com medo e cumplicidade, deixando a cozinha no menor tempo que a educação permitia. A sós, em pânico, não conseguiam raciocinar com clareza, mas sabiam que precisavam partir. Muito embora Paolo não se recordasse do nome do religioso, Mirta se lembrou do agregado do tio. Além disso, a saída precipitada de Marco, após ouvir os nomes dos dois, acabava com a dúvida. Eles haviam sido localizados!

Os jovens desafortunados amarraram suas coisas apressadamente e partiram sem rumo ou esperança. Desta vez, a fuga se deu em condições ainda mais difíceis. Os dois não tiveram tempo de preparar sequer um embornal com um pedaço de pão ou água. Atordoados, lançaram-se na estrada já tomada pela escuridão da noite. Não andavam; mãos dadas, corriam em agonia, orientados apenas pelo medo.

O casal seguia tateando a noite, tropeçando nas imperfeições e obstáculos do caminho, esbaforidos e desnorteados. Após alguns quilômetros, Lorenzo sofreu violenta queda e despencou pelo barranco sem que a moça conseguisse ampará-lo. A caída foi acompanhada pelos gritos dos jovens, o barulho de galhos quebrando e pedras rolando até, por fim, Mirta ouvir um bater de ossos contra a rocha. Ela gritou o nome de Lorenzo, alucinada, mas ele não respondeu. Desesperada, apalpou a escuridão e escorregou pela escarpa, agarrando-se a galhos e à esperança, e se arrastou até alcançá-lo, inerte. Mirta chamou, suplicou, mas não obteve resposta. Lorenzo não reagia. Ela o abraçou, implorou que respondesse, mas o silêncio permaneceu, assustador.

A queda fora fatal. Lorenzo, filho de Jocopo Friano, um jovem sorridente de olhos inquietos e coração apaixonado por Mirta, estava morto. Mirta foi atirada em um abismo que iria acompanhá-la enquanto vivesse.

III

1496 a 1505

Em Florença, o dia ainda não raiara quando Giovanni Martelli se apressou em partir em busca da sobrinha. Marco Rossa foi encarregado de conduzir o vagão que em algumas horas traria, de volta a Florença e à normalidade, Mirta e a segurança na disputa eleitoral enfrentada pelo prior.

Giovanni subiu no vagão com apenas uma preocupação: o destino de Lorenzo. Mas o candidato a abade confiava que a providência divina, que não desampara ninguém, iria tratar de indicar caminhos que restabelecessem a ordem e a justiça para todos. Marco partiu com o veículo e, quilômetros adiante, ao se aproximar da propriedade que servira de refúgio aos enamorados, avistou um pequeno grupo na porta da casa de Paolo Carresi. Giovanni pediu ao ajudante para verificar o que estava acontecendo antes que ele deixasse o veículo.

O ajudante adentrou a residência e retornou dois minutos depois, aflito, pedindo ao religioso que entrasse. Giovanni se acercou da porta e viu que o corpo de Lorenzo jazia sobre a mesa da cozinha, cercado por Paolo, Maria e Mirta. O religioso ficou momentaneamente sem ação, chocado com a cena inesperada.

Um desconhecido se aproximou e relatou a ele que a jovem havia sido encontrada abraçada ao companheiro sem vida, não muito longe dali. Um passante que os avistara tentou lhe falar, mas ela tinha permanecido muda, alheia a tudo. O transeunte então decidiu pedir ajuda na residência mais próxima, levando Paolo à propriedade do casal que os havia abrigado em segurança até horas antes.

Ainda aturdido, o prior Giovanni Martelli se apresentou aos donos da casa. Esclareceu seu parentesco com Mirta, que seguia num transe doloroso, indiferente ao movimento a sua volta. Sem tocar na questão da fuga, o religioso anunciou que iria cuidar do funeral de Lorenzo e conduzir Mirta de volta a Florença. No meio da tarde, o vagão deixou a propriedade carregando o prior, Marco, o corpo inerte de Lorenzo e a alma mortificada de Mirta. Giovanni antecipou a dificuldade que enfrentaria para entregar a Jocopo o filho sem vida, e especulou sobre o que teria acontecido aos dois caso ele não os tivesse procurado.

A culpa começou a assombrar as emoções de Giovanni, que, em autodefesa, agarrava-se ao seu compromisso com a Igreja para justificar a decisão de procurar o casal. Ele se esforçava em convencer a si próprio de que havia cumprido com a obrigação de tio e, sobretudo, tinha feito o necessário para proteger a instituição religiosa dos ataques provocados pela ambição de Domenico Genazzano. Por fim, generoso consigo mesmo, atribuiu a morte de Lorenzo a uma materialização dos desígnios divinos; ele não tivera qualquer participação na tragédia. Reconfortado, seguiu no veículo trepidante rumo a Florença.

Horas depois, o silêncio da noite florentina realçou o grito de desespero de um pai. Em casa, velando o corpo do filho, Jocopo, o blasfemo imaginado, contava apenas com a companhia da dor e da revolta. Nem mesmo seu livro, resgatado por Giovanni e outrora presença indefectível, ali se encontrava.

Ele se recusou a recebê-lo das mãos do prior, determinado que estava a se afastar dos valores sagrados e de tudo o que os representava. A Igreja havia conquistado seu desprezo. A difamação imposta a ele, uma imolação pública em nome dos valores cristãos, mas que na verdade apenas atendia aos interesses pessoais de Domenico Genazzano, assassinara seu filho, aniquilando o que restara de sua devoção. Se até a véspera sobrevivia em Jocopo certa veneração pelos dogmas religiosos e algum apreço pela fé ou resquícios de temor a Deus, a morte de Lorenzo os dizimara. A religiosidade que por toda a vida havia dirigido suas escolhas e justificado suas provações deixara de fazer sentido, e ele se sentia vítima de um engodo perverso que roubara tudo o que lhe era caro. Jocopo Friano, estudioso dos evangelhos, homem reto e temente a Deus, convertera-se no maior opositor da Igreja que Florença já tinha corrido o risco de abrigar.

O sol mal havia despontado quando Marco Rossa chegou à casa de Lucrezia para levá-la até a abadia. A mãe de Mirta percorreu o caminho em prece, agradecendo pela dádiva alcançada: a filha estava bem e em segurança. Entrou no cubículo que servia de abrigo à jovem e a encontrou em estado catatônico. Mirta parecia haver renunciado à vida. Sua mãe a abraçou e tentou conversar, mas a jovem não reagia e, não fossem as lágrimas atravessando seu rosto, Lucrezia teria imaginado que ela estava morta. Preocupada com o estado da jovem e intuindo que algo de muito grave havia acontecido, a pobre mulher foi ter com o irmão monge para entender o corrido.

Giovanni relatou todo o sucedido, informando sua intenção de enviar Mirta para o claustro. A princípio, Lucrezia se surpreendeu e, chocada pelos acontecimentos, permaneceu muda. Mas, momentos depois, a caminho do trabalho, refletindo sobre os rumos que a história tomara, concluiu que era uma mãe abençoada. Em situações normais, sem a interferência do prior, Mirta jamais alcançaria o privilégio do internato.

Giovanni disse que a reclusão se daria por alguns anos, tempo suficiente para que o escândalo fosse esquecido pela população e pela comunidade monástica, mas Lucrezia já imaginava a glória de ver a filha convertida em monja. A morte de Lorenzo, que Deus o guardasse, poderia até ser decorrência da interferência divina, apontando o caminho para o qual Mirta fora predestinada. O comportamento ausente de Mirta seria assim coisa passageira, ponderou a mulher, mais um capricho da juventude que, impertinente, dava azo a devaneios e escolhas inconsequentes. Tão logo Giovanni falasse com a abadessa e se dessem os trâmites para a internação, Mirta iria perceber o privilégio com o qual a vida a abençoara e tudo ficaria bem. Lucrezia sentiu uma alegria enorme por constatar que, de fato, Deus escrevia certo por linhas tortas.

O convento beneditino de Santa Maria Annunziata, popularmente chamado de Le Murate, numa referência ao fato de as monjas viverem enclausuradas e emparedadas, era dirigido por Speranza de Signorini. Amigos de longa data, a abadessa e o prior Giovanni haviam trocado conselhos e favores por diversas vezes. A superiora, mesmo com as limitações do isolamento, acompanhava o desenrolar das fantasias heréticas criadas por Domenico Genazzano com o fim de enredar Giovanni, e andava bem preocupada com o rumo que a manipulação da crendice popular começara a tomar. Suas preocupações se intensificaram com os mexericos que alcançavam o convento por meio dos carroceiros responsáveis por entregar mantimentos, dos profissionais que faziam consertos e de outros contatos com o mundo de além-clausura. Mas as notícias chegavam sobretudo

após os serviços dominicais, na hora em que os padres que os conduziam participavam do café servido pela abadessa na sacristia. Ali relatavam os acontecimentos políticos e os mais recentes golpes da disputa travada entre Giovanni e Domenico.

Os laços de amizade entre a superiora e o prior haviam sido reforçados havia dois anos, quando os sermões do dominicano Girolamo Savonarola passaram a inflamar os florentinos. Pregando na igreja do mosteiro de San Marco, o frade hipnotizava multidões com doutrinações teatrais que profetizavam a chegada do juízo final. Suas previsões apontando a invasão da cidade através dos Alpes, como demonstração da fúria divina contra os excessos praticados no local, ganharam maior notoriedade com a chegada de Carlos VIII, da França, em 1494, em franca ameaça que aterrorizou a população. A debandada do rei em direção a Nápoles, tempos depois, foi atribuída ao frade, o que fortaleceu sua influência sobre a opinião popular, que viu nele a capacidade de fazer profecias tanto quanto a de afugentar invasores.

Speranza e Giovanni reconheciam as muitas verdades presentes nas homilias de Savonarola, embora discordassem de seu método que, no auge, destruiu qualquer item ou objeto que pudesse ser associado à ostentação, incluindo obras de arte, originando diversas "fogueiras das vaidades". O frade era um velho conhecido de Speranza. Anos antes dessa repentina fama, ele estivera em Florença em pregação, mas seu sermão na igreja de Le Murate havia desagradado os fiéis por conta do ritmo claudicante da fala que, acompanhada do acento estrangeiro, causava rejeição aos florentinos orgulhosos de seu sotaque, chamado *gorgia toscana*. Agora, em seu retorno, o dominicano surgia modificado na segurança e no estilo. Destemido, enfrentou a nobreza, atacou as elites e afrontou o papa ao desobedecer a proibição de parar com os sermões espetaculosos, decisão que o levaria à desgraça e à fogueira dois anos mais tarde.

Já havia muito que a Florença dos abastados vinha servindo de palco a gastos exorbitantes, luxos descabidos, festas extravagantes, palácios exibicionistas e um vasto leque de imoralidades. O fausto e o despudor alcançaram a Igreja, levando religiosos a viverem em opulência e depravação, em frontal oposição aos valores da humildade e da retidão moral.

Para Speranza e Giovanni, seguidores da Regra de São Bento, os excessos presentes na alta sociedade, com extensões na vida monástica, precisavam ser combatidos pelo bem do resgate aos princípios da fé católica. Os religiosos amigos trocavam opiniões sobre o tema sempre que podiam se encontrar e conversar, elogiando o incentivo à caridade presente nos sermões do frei dominicano, mas também comentando sua falta de cautela, principal característica dos discursos de Savonarola, ombro a ombro com a eloquência.

Assim, quando o prior procurou a abadessa com o pedido de ajuda em relato franco e emocionado, ela prontamente o atendeu. Receber Mirta como interna seria sua colaboração para que as coisas tomassem o melhor rumo. Domenico Genazzano havia demonstrado não possuir os requisitos morais para o posto e cabia a ela, como defensora da verdade cristã, empenhar-se para assistir o candidato com os melhores predicados.

O convento dispunha dos recursos necessários para receber a jovem sem demandar ajuda financeira do tio. Reconhecido pelo trabalho de suas monjas copistas e pelos maravilhosos bordados e pinturas em seda que produzia, Le Murate era também a escolha de famílias nobres que ali internavam suas filhas, em grande parte adolescentes, para um período educativo. A prática, conhecida como *serbanza*, antecedia o casamento das jovens e as preparava para as responsabilidades da vida em matrimônio.

A boa fama de Le Murate também o transformara na principal escolha para as chamadas corrodianas, viúvas ricas e outras mulheres da elite que optaram pela paz da vida conventual e ali se instalavam em definitivo ou para temporadas de descanso. As corrodianas desfrutavam de aposentos privados. Algumas chegavam com serviçais, pagando altas somas pelo privilégio. Além disso, o convento passara a receber regulares doações de Portugal, por escolha da benfeitora d. Leonor de Lencastre. A rainha havia conhecido e se afeiçoado à monja Eugenia Benedetta quando esta, após falsas acusações feitas por um padre conservador, seu confessor, lançara-se em peregrinação, alcançando Portugal e o coração da rainha humanitária.

Além do dinheiro, as assíduas doações incluíam uma vasta gama de especiarias orientais que eram usadas na cozinha e na botica do convento, colaborando de forma muito relevante para o sustento das quase duzentas freiras que ali cumpriam seus votos. A generosidade de d. Leonor era retribuída com o envio de bordados, pinturas e livros enfeitados por iluminuras, obras-primas produzidas pelas monjas de Le Murate. O convento dispunha ainda da proteção de diversas personalidades femininas, que, à época, tinham fortes laços com o poder político, e das doações de fiéis devotos, além de contar com o amparo da Igreja italiana. Tais relações faziam Le Murate ser reconhecido e respeitado para muito além das fronteiras de Florença e davam à abadessa Speranza conforto financeiro suficiente para receber Mirta, contentando o amigo prior. Além disso, a moça poderia colaborar com as tarefas diárias do convento, que eram muitas, de forma a cobrir tranquilamente todos os gastos com seu sustento.

Satisfeito com a conversa com a abadessa, Giovanni retornou à abadia para informar Mirta sobre sua transferência para Le Murate. A jovem seguia em silêncio, mergulhada em uma dor que fazia pena ao tio. Ela mal se alimentava. Os pratos enviados à sua cela retornavam quase intactos, e Giovanni temia que a moça adoecesse.

O prior a informou, de modo gentil, buscando animá-la, que a abadessa havia ficado muito feliz com a possibilidade de recebê-la. Ele passou a descrever o convento como um lugar prestigioso, que recebia apenas jovens privilegiadas. Giovanni discorreu sobre a rotina confortadora de orações e mencionou a beleza dos bordados e pinturas produzidos com maestria pelas monjas. Ele mesmo possuía uma imagem da virgem ricamente bordada, presente da abadessa – Mirta já a havia visto, ele lembrou. Seguiu falando do trabalho com as cópias dos livros, repletos de iluminuras e cuidados, cobiçados em toda a Europa. Pontuou a possibilidade de aprendizado e a paz que ela encontraria em meio às monjas emparedadas, vivendo em um remanso de fé e serenidade. Os recursos do prior se esgotaram, mas Mirta permaneceu ausente.

Ele se retirou, porém retornou minutos depois trazendo uma troca de roupas enviada por Lucrezia e o livro sagrado que Jocopo havia confiado a Lorenzo. Ao ver a Bíblia, Mirta se levantou bruscamente, recolheu-a das mãos de Giovanni e a abraçou, num movimento reflexo que indicava proteção. Para Mirta, o livro era uma querida reminiscência de Lorenzo, mas o prior interpretou o gesto como um despertar vocacional: a sobrinha havia retornado à vida diante dos evangelhos. Todo o desassossego enfrentado por ele nos últimos tempos poderia ter uma razão maior – quem sabe seria a prova antes do despertar de mais uma genuína vocação religiosa na família? Quantas vezes a provação não tivera, na história, o papel de catalisar a revelação de um chamado interno para os trabalhos da fé cristã? O prior começou a ver a internação temporária de Mirta se convertendo em vida monástica. Que reviravolta para uma história escandalosa e vexatória! Giovanni agradeceu a Deus pela prova com final tão enlevador e chegou à mesma conclusão alcançada por Lucrezia um dia antes: Deus escrevia certo por linhas tortas!

Os sinos de Florença já haviam badalado as sete horas quando Giovanni partiu com Mirta em direção a Le Murate. Marco Rossa tomou em ritmo vagaroso a Via Ghibellina, que nascia bem diante da Abadia Florentina. O convento ficava no fim da mesma rua. Dentro do vagão seguiam o prior, sentindo-se privilegiado por ser o responsável por entregar a sobrinha à sua vocação, e ela, que carregava o livro herdado por Lorenzo e sentia o luto que era a tradução de sofrimento.

A abadessa os recebeu prontamente. Após uma rápida troca de gentilezas, Giovanni partiu, deixando Mirta aos cuidados da religiosa. A sós com ela, Speranza se apiedou daquela jovem de aparência alquebrada. A monja, mulher experiente, reconheceu na moça os indícios de um pesar tão profundo que despertava comiseração. Ela havia planejado apresentar a rotina de trabalho e oração a Mirta, mas percebeu a necessidade de dar à enlutada uma pausa em mansidão, hiato caridoso para permitir a retomada da vida. Speranza a conduziu para seus novos aposentos, o pequeno quarto de conforto espartano preenchido com poucos móveis que seria o refúgio de paz da jovem.

Em solidão, Mirta sentiu, pela primeira vez desde a morte de Lorenzo, uma trégua na perturbação que tomava conta de suas emoções e pensamentos. Ela encontrou ali, distante do mundo familiar, a oportunidade de reorganizar os sentimentos. Naquele momento de dor, a privação da liberdade representava o menor de seus problemas e, a bem da verdade, enfrentar os olhares e a maledicência alheios, inerentes à vida em sociedade, era a última batalha que gostaria de enfrentar. Ela precisava de paz e espaço para acomodar seu padecimento, e o silêncio do convento significava um bálsamo para suas feridas.

O sol começava a romper a escuridão da madrugada quando Mirta foi despertada para assistir ao segundo serviço religioso do dia. Seguindo a Regra de São Bento, as monjas faziam seis orações diárias, sendo a primeira antes no alvorecer. Mirta, porém, fora poupada dessa vez pela abadessa, que entendera ser o descanso o remédio para suas mazelas. Além disso, a jovem desolada deveria seguir rotina moderadamente distinta da religiosa.

Após as orações e o café silencioso, a religiosa convidou Mirta para uma conversa privada. As duas mulheres entraram em uma sala com ares de escritório. Atrás da mesa de trabalho se erguia, imponente, uma estante robusta e escura, guardiã do maior número de livros que a jovem havia visto. Speranza notou o interesse da jovem pelos livros e aproveitou a oportunidade para quebrar o gelo e dar início à conversa com alguma empatia. Ela contou que as irmãs copistas faziam um trabalho primoroso na reprodução e miniaturização de livros, exibindo alguns exemplares ali produzidos. Mirta se encantou com a beleza do trabalho, mas, tímida e deprimida, apenas conseguiu assentir com a cabeça e esboçar um sorriso. A abadessa, percebendo que a moça estava mais relaxada, passou a falar dos planos que tinha para ela.

O convento contava com uma botica que produzia os elixires, extratos, unguentos, infusões, xaropes, cataplasmas, óleos, tônicos à base de vinho e demais remédios largamente utilizados pela medicina monástica, além de sabonetes, cremes e essências perfumadas de muito boa qualidade. A produção garantia independência para custear os cuidados com as monjas que ali viviam, o atendimento das internas que cumpriam a *serbanza* e, eventualmente, a atenção aos funcionários que aravam os campos para o cultivo de grãos, verduras e frutas. O preparo dos recursos fitoterápicos demandava cuidado, paciência e precisão. O trabalho começava no plantio das ervas, passava pela colheita e seguia com a limpeza, secagem e processamento das plantas, devendo ser conduzido por um especialista no tema.

Em Le Murate, a responsabilidade por essa importante atividade se encontrava a cargo de irmã Agnes. Em seus quarenta e oito anos, vinte e cinco deles de dedicação à botica, a monja dominava tão profundamente a produção e aplicação da fitoterapia, entre outros recursos, que havia produzido um herbário muito respeitado. A abadessa disse que irmã Agnes iria guiar Mirta nas tarefas diárias. A religiosa havia orientado a boticária a dirigir a jovem para o trabalho no jardim botânico por acreditar que, permanecendo ao ar livre em meio às plantas, preparando o solo, plantando, colhendo, limpando e podando, Mirta se distrairia do luto. Além disso, o exercício físico deixaria seu corpo pronto para boas noites de sono. Após algum tempo, quando o equilíbrio emocional retornasse e dependendo de sua capacidade de aprendizado, a moça poderia ser transferida para o processamento das ervas, deixando o trabalho de maior demanda física para os servos contratados para esse fim.

Irmã Agnes recebeu Mirta enquanto distribuía calêndulas sobre um tecido preso a uma moldura. As flores amarelas lançadas de forma aleatória contra o lençol branco criavam um quadro delicado. A boticária havia criado um sistema próprio para a secagem de plantas, uma estrutura onde era possível empilhar algumas molduras e telas já forradas com as ervas. O conjunto formava uma estante que permitia que o ar passasse livremente, facilitando a secagem das folhas e flores, com otimização do espaço. A moça observou curiosa o trabalho da farmacêutica. Ela estava acostumada com os chás e cataplasmas utilizados por sua mãe e conhecia, ela própria, as ervas correntemente empregadas para os males mais comuns, mas nunca vira nada parecido. Na botica havia uma infinidade de recipientes contendo ervas secas, líquidos e pastas, todos meticulosamente identificados. Mirta não sabia ler, mas percebia o cuidado no tamanho idêntico das letras e na disposição harmônica dos frascos. Além dos jarros e potes, uma mesa de trabalho sustentava um destilador, um almofariz de bronze e outro escavado em pedra.

Irmã Agnes pediu a Mirta que aguardasse um instante, enquanto terminava de preparar as ervas para a secagem, e partiu com ela em direção ao jardim botânico, para dar detalhes sobre as tarefas que a jovem iria desempenhar. O horto viria a abrigar os pesares de Mirta pelos anos a seguir. Ali, entre o perfume das flores, a essência das ervas, a quentura do verão e o gelo do inverno, ela choraria suas dores e lamentaria seu fado. A jovem já não se encontrava prisioneira das aspirações do tio e tampouco dos medos da mãe. Ela estava atada a uma atmosfera anímica de desolação, resultado da sua obstinação em seguir fiel a uma história que não tinha vivido. Os laços com Lorenzo seguiam cravados em sua alma, tanto quanto sua determinação em permanecer vinculada a ele. Assim, ela rememorava cada detalhe da história que viveram e que invariavelmente terminava com a trágica queda que roubou de Lorenzo a vida e, de Mirta, a alegria. Ela vivia em Le Murate, mas não estava ali.

IV

Serbanza

O convento de Santa Maria Annunziata delle Murate desfrutava de grande prestígio entre as famílias nobres ou emergentes, a cúpula da Igreja e os soberanos. Para lá eram encaminhadas as moças bem-nascidas juntamente com seus dotes generosos, justo pagamento pela educação cristã e proteção contra os predadores infernais do mundo exterior, hábeis em ameaçar a honra e o futuro das jovens. Em Florença, a instituição havia se tornado uma extensão da casa dos Medici, que para lá enviavam suas jovens para aprenderem as normas que dirigiam o comportamento feminino civilizado, mas também para garantir a honra das mulheres Medici e o bom nome da família nos momentos de fragmentação familiar ou de tensão social. As internações se davam, muitas vezes, a partir dos sete anos de idade, e os contatos das internas com o mundo exterior eram raros enquanto ali permaneciam.

Mantidas em custódia, as confinadas não podiam deixar o convento durante todo o período de internação; se saíssem, não poderiam voltar. Visitas eram permitidas, sempre atendendo ao comedimento e à justa medida. As jovens viviam em habitação construída especialmente para recebê-las, separada da ala das monjas. Apesar disso, observavam a Regra de São Bento, que incluía muitas horas de oração, a contemplação, os trabalhos manuais, o estudo e também alguma recreação.

Os aprendizados de leitura e canto coral eram deixados sob a responsabilidade de uma professora selecionada pela abadessa Speranza entre as irmãs mais fervorosas e bem-afortunadas, com aptidão para a catequese. A escolha da professora se dava com a maior cautela e considerava, além da origem, sua devoção e retidão de espírito. A indicada precisava demonstrar habilidade para conduzir as meninas ao encontro das virtudes cristãs, mantendo-as sob vigilância e lembrando-as das Leis Divinas a cada arroubo juvenil. A rotina das internas começava com a oração matinal e, antes do descanso noturno, incluía um exame de consciência para verificação do bom comportamento no dia. Mas, ao longo da jornada de estudo e trabalho, existiam outras oportunidades de oração e aproximação com Deus.

Mirta não vivia na casa das educandas, tampouco dividia o dormitório com as monjas. Sua condição especial, determinada pelas relações de amizade entre seu tio e a abadessa, deixava-a em uma posição de exceção. Ela tinha o próprio dormitório. Era uma cela minúscula com quase nenhum conforto, improvisada em um quartinho ao lado da cozinha, mas que dava à moça o privilégio da privacidade. Quando chegou, foi levada para lá em condição temporária, mas o tempo foi passando e ela acabou esquecida ali. Mirta agradecia por esse lapso.

Além de suas obrigações no jardim botânico e na botica, sob a supervisão de irmã Agnes, a abadessa determinara que Mirta frequentasse as aulas de leitura e bordado. Assim, de forma torta, a moça acabou recebendo uma educação que era privilégio das elites e se revelou uma aluna arguta, com grande facilidade para o aprendizado, tanto da leitura quanto dos trabalhos manuais. Em situações ordinárias, no universo secular, não se dava tão facilmente a aproximação de uma filha de lavadeira com as moças bem-nascidas, herdeiras de grandes capitais políticos, aristocráticos e religiosos. A Regra de São Bento, no entanto, acabou por funcionar como uma espécie de instrumento de equalização das diferenças, assegurando uma convivência tranquila.

A Regra, que dirigia a vida no convento, baseava-se em dois pilares, "Ora e Labora". São Bento preconizava que a dedicação ao trabalho se desse em duas frentes: a do trabalho físico, manual, e a do esforço intelectual, com o estudo dos textos sagrados. A rotina cotidiana das monjas e internas seguia uma ordem e uma disciplina que abordavam todos os aspectos da vida monástica: alimentação, jejum, oração, trabalho, descanso, orientações sobre moderação, compaixão, compreensão e comedimento.

Da mesma forma que as internas, seguiam a Regra mulheres recebidas em situações especiais e também temporárias. O convento acolhia pessoas com limitação física, judias convertidas, viúvas, mulheres em busca de tranquilidade e simplicidade, e ainda as corrodianas – pensionistas abastadas que pagavam para viver em isolamento, muitas vezes doando terras ao convento. Estas últimas, frequentes em Le Murate, correntemente chegavam acompanhadas de servas que ali permaneciam enquanto durasse o retiro. Toda essa movimentação fizera de Le Murate o maior e mais renomado convento da Florença renascentista. O local passou por diversas ampliações tanto no prédio como nos aparatos de

luxo destinados às noviças oriundas da aristocracia, que buscavam manter certo conforto em meio à austeridade conventual.

Além do ensino de leitura e música, com o canto coral, os trabalhos manuais desenvolvidos no convento produziam finos bordados e fios de ouro que eram vendidos para a indústria da seda florentina. Embora não fosse bem-vista pela Igreja, essa atividade seguia tolerada porque o retorno financeiro tinha grande importância para a manutenção das mulheres muradas. Havia, ainda, o renomado trabalho das monjas copistas, que reproduziam textos sagrados, livros de medicina e farmácia, clássicos gregos e outros escritos atendendo a encomendas de pessoas abastadas. As cópias, feitas à mão em escrita gótica ornamentada por iluminuras, eram realizadas no *scriptorium* do convento, espaço que também abrigava uma importante biblioteca.

O contato com as letras se tornou o alento de Mirta. A jovem, que antes de sua tragédia pessoal era falante e alegre, tornou-se reservada e introspectiva, recolhida à convivência com suas angústias e dramas interiores. A leitura era a exceção que permitia a ela olvidar o convento e divagar em solidão. Sua condição excepcional em Le Murate a levou a ter aulas de latim junto com as noviças. O trabalho na botica se especializara, e Mirta se tornou o braço direito de irmã Agnes, selecionando e preparando ervas e medicamentos. A ocupação permitiu-lhe conhecer os remédios e suas aplicações, colaborar no cuidado com as irmãs e internas enfermas e a tornou parte integrante da comunidade monástica. Essa posição, normalmente ocupada por religiosas, levou a mestra de noviças a sugerir à abadessa que a aprendiz de boticária participasse das aulas de latim – sugestão prontamente aceita. A presença nas aulas foi o pretexto para normalizar sua situação de exceção. A partir de então, a instrução da jovem abrangeu um programa expandido, alcançando o grego e as aulas de teologia e filosofia ministradas às demais internadas.

A abadessa acreditava que a convivência com os estudos teológicos e com jovens determinadas a ingressar na Ordem faria Mirta abraçar a vida religiosa. E, ainda que isso não viesse a acontecer, as atividades intelectuais se encaixavam perfeitamente nas orientações da Regra, servindo para justificar a decisão da religiosa. À medida que a jovem desditosa fazia progressos em sua formação, Speranza enviava notícias ao amigo Giovanni.

Já fazia vários anos que Mirta havia atravessado os muros do convento sem que florescesse nela o interesse em deixar o lugar. Nos últimos dez anos, ela vira a mãe poucas vezes, mas nenhuma das duas abordou a questão do fim da internação compulsória. Lucrezia evitava o tema, receando que um eventual retorno de Mirta à vida em sociedade suscitasse lembranças desagradáveis e novos mexericos. Mirta se esquivava do assunto, temendo perturbar seu delicado equilíbrio.

Juntamente com a leitura, entretinham Mirta os momentos de recreação nos quais irmã Eugenia Benedetta contava histórias de sua peregrinação. Servindo em Le Murate, a religiosa foi perseguida por um padre que queria sua expulsão, por julgá-la inadequada à vida no claustro. Ela se livrara da intriga, mas, após o evento, decidiu abraçar a peregrinação. A princípio, a religiosa se vestiu de homem, conseguindo entrar para um mosteiro franciscano. Ao ser descoberta, irmã Eugenia partiu em direção a Jerusalém e, após a visita à Terra Santa, onde fundou um hospital, percorreu vários santuários europeus, acabando por alcançar Santiago de Compostela, no Reino da Galícia, e finalmente Portugal. Em terras portuguesas, a peregrina se tornou íntima da rainha, d. Leonor de Lencastre, amizade mantida pelo resto de sua existência.

Irmã Eugenia Benedetta retornou ao convento de Santa Maria Annunziata décadas depois, carregando consigo uma experiência incomum, especialmente para uma religiosa, e a amizade com d. Leonor, que se tornou benfeitora do convento. Seus relatos, carregados de detalhes e emoção, compunham os prazeres de Mirta dentro da clausura. Mas o que mais lhe agradava eram as incursões pelo *scriptorium*. O trabalho das monjas copistas havia sido objeto da curiosidade de Mirta na primeira vez em que entrou na sala da abadessa, mas seu interesse aumentou cerca de um ano após chegar ao retiro.

Cuidando de seus afazeres na botica, ela foi surpreendida por um chamado para colaborar com a organização do espaço, que havia acabado de passar por uma reforma. O manuseio cuidadoso dos códices repletos de iluminuras e encadernados em capas de couro adornadas permitiu a ela adentrar o mundo das letras. Inicialmente, seus olhos se fixaram nas miniaturas. As imagens cuidadosamente desenhadas, cheias de detalhes e cores intensas, eram emolduradas por um brilho dourado desconhecido por ela, resultado do ouro líquido utilizado pelas monjas iluminadoras. Os pequenos quadros contavam histórias sacras e seculares. Um olhar mais acurado desvelou a ela a beleza da ornamentação das letras capitulares, envoltas por arabescos e desenhos ocultos a olhos distraídos. Por fim, apreciou as margens que emolduravam o emaranhado de letras angulosas da escrita gótica, compostas por flores, pássaros, frutos, anjos, folhas e o que mais a criatividade das artistas entrelaçasse e os pigmentos, o ouro e a prata conseguissem engalanar. Todo o conjunto compunha uma beleza reveladora do valor inestimável das obras carregadas pelas mãos de Mirta.

Após esse primeiro contato, sempre que seu estado psíquico permitia, Mirta retornava ao aposento para admirar o trabalho das copistas e percorrer a biblioteca que abrigava um sem-número de escritos religiosos, além dos clássicos da filosofia grega, tratados médicos e outros volumes. As visitas ao *scriptorium* se tornaram parte de sua rotina diária. As muradas copistas se acostumaram à presença calada de Mirta, que no início apenas admirava a ornamentação dos códices, mas, à medida que a leitura se abria a ela, passou a solicitar acesso a uma grande variedade de livros. As religiosas, afagadas pelo interesse da moça, entregavam-lhe tudo o que fosse objeto de seu desejo; afinal, estabelece a Regra, "às mesas dos irmãos não deve faltar leitura".

Ao longo dos anos, Mirta leu tudo o que sua curiosidade estimulava e, com o aprofundamento dos estudos, solidificou-se nela a certeza da injustiça presente em sua vida, causada por convenções, crenças e ambições indiferentes às liberdades individuais, ao direito de escolha e à autodeterminação. Assim, tomou consciência de que a proteção a esses valores se faz imprescindível em uma sociedade que de fato tenha por norte os princípios cristãos do amor ao próximo, da proteção à vida, do perdão e da aceitação das diferenças. Ela leu e releu o exemplar do "Livro dos Evangelhos" confiado a Lorenzo por seu pai, encontrando nele as incongruências apontadas por Jocopo Friano que foram a causa de sua tragédia pessoal. Percebeu a afetação do padre que apontara dedos ao vendedor de azeite, tanto quanto notou que o pároco se irritara por não ter, ele mesmo, resposta para a indagação de Jocopo. Compreendeu que seu tio havia sido vítima de uma artimanha política e que, não obstante, movido pela preocupação de proteger sua carreira eclesiástica, não hesitou em prejudicar o futuro que ela queria ter.

Por fim, entendeu que Giovanni, cerceado por suas convicções, acreditara estar fazendo o melhor por ela. Mirta perdoou o tio, não a ponto de tê-lo entre suas melhores referências afetivas, mas o suficiente para estabelecer a paz entre eles. Ela também se deu conta de sua responsabilidade na dor causada à sua pobre mãe, desorientada pela necessidade e consequente dependência financeira dos favores do irmão. Constatou ainda a falta de opções de Lucrezia, a não ser a de se submeter ao protagonismo dos interesses de terceiros. Suas reflexões a levaram a concluir que Lorenzo não sofrera um acidente: ele fora morto pela ambição e pela ignorância. Assim, num pacto íntimo e pessoal, ela decidiu arrastar a ignorância para longe de sua vida o mais distante que suas forças permitissem, mergulhando na dedicação ao estudo que iria nortear todos os anos que lhe restavam.

V

1515

Encarregada de assegurar o bom desenvolvimento do trabalho das copistas, irmã Giustina não apenas dominava a arte da escrita como tinha assumido a responsabilidade de atualizar, por obrigação do ofício, o herbário elaborado por irmã Agnes. A bibliotecária incumbida de zelar pelo acervo do convento exigia silêncio respeitoso durante a execução do trabalho das copistas e era resistente à saída dos códices de dentro do *scriptorium* quando solicitados por alguma religiosa. Ela preferia que a leitura se desse ali mesmo, em mesas apropriadas à atividade e sob sua vigilância, mas muitas vezes era obrigada a ceder. Nessas ocasiões, entregava os escritos e clamava aos céus que os protegessem.

Irmã Agnes, em seu trabalho na botica, havia catalogado ervas, mezinhas e drogas indicadas para os mais diversos males. Porém, com o passar dos anos e o consequente acúmulo de experiências, percebeu a necessidade de atualizar o tratado anterior. Assim, deixou a cargo de irmã Giustina a incumbência de organizar suas anotações em um novo e incrementado herbário. A bibliotecária, prevenida do esforço envolvido no projeto pela experiência anterior, solicitou à boticária que cedesse algumas horas do tempo de Mirta à tarefa de revisão das anotações, que muitas vezes eram confusas. Esse descuido tinha sido pivô de altercações entre as duas no passado.

Mirta era a escolha natural para a tarefa. Irmã Giustina sabia que a reclusa era especialista na matéria e já tinha se acostumado à presença dela no *scriptorium*, imersa na leitura em silencioso apreço. Irmã Agnes aquiesceu à proposta. Mirta havia se transformado em ajudante capaz e dominava tanto o preparo dos medicamentos quanto suas aplicações, até mesmo as mais incomuns. A farmacêutica ponderou ainda que, em caso de dúvida, as anotações elaboradas por ela guiariam a auxiliar na direção correta, eliminando os erros causadores de desentendimentos, como havia ocorrido na primeira versão da obra. No mínimo, não haveria o risco de ter suas orientações deturpadas por confusões entre decocção e infusão, ou unguento e cataplasma, como anteriormente. Além disso, Mirta estaria estudando, ocupação que muito agradava à boticária, que via na ex-aprendiz e atual assistente também sua sucessora.

Irmã Agnes adentrara a casa dos sessenta e era um conforto, para ela e para a comunidade monástica, reconhecer em Mirta o pendor para a arte médica. A boticária e a bibliotecária chegaram a um bom termo para as duas: a assistente de irmã Agnes dividiria suas horas de labor entre ambas as obrigações. Ao ser comunicada de sua nova tarefa, Mirta encontrou, aos trinta e cinco anos, um reconhecimento dissonante de seu histórico de perdas e frustrações. Quando irmã Agnes e irmã Giustina esclareceram as razões que justificavam sua nova ocupação, ela percebeu que, enquanto imaginava estar se refugiando da dor, havia aprendido muito. Mirta se deu conta de um novo horizonte fora das brumas que ocupavam suas divagações interiores e dimensionou o caminho percorrido, apesar de tudo e principalmente por tudo o que viveu, sentiu e chorou.

Aquele momento de reconhecimento, levado a efeito por conta das dificuldades encontradas pelas duas religiosas em se fazerem entender mutuamente, inaugurou uma nova trajetória em sua vida. Mirta deixara de ser a sobrinha do abade e merecedora de favores da abadessa. Ela não era mais a jovem que carregava consigo um pesar massacrante e um suplício paralisante. O tempo a transformara. Assim, ela assumiu sua condição de mulher educada, dona de conhecimentos relevantes para a comunidade onde habitava, credora do respeito e da admiração de seus pares.

Florença vivia um momento de retorno aos ideais da antiguidade clássica. O conceito de polímata, o *uomo universale*, dotado de um conhecimento diversificado que alcançava as mais heterogêneas áreas do saber e de aptidões suficientes para permitir o desenvolvimento de uma miríade de habilidades manuais, adequava-se perfeitamente aos preceitos da Regra de São Bento. Mas, além do acesso ao conhecimento e da expansão de suas habilidades, Mirta dispunha de uma liberdade na interpretação dos fatos e conceitos filosóficos que os votos religiosos retiravam das beneditinas. Tementes a Deus, as irmãs descartavam todas as informações que contrariassem qualquer das escrituras chamadas sagradas, ao passo que ela, receando apenas a ignorância, fazia leituras críticas de todos os textos, incluindo os sacros. Enquanto as irmãs se agarravam ao teocentrismo em luta contra os ares frescos do Renascimento, Mirta caminhava na direção oposta. Ela rejeitou as verdades sem fundamentação lógica e se aferrou à experimentação, orientada pela razão e amparada pelo conhecimento.

A abadessa Speranza, a essa altura, não mais acalentava a expectativa de ver Mirta abraçar os votos e a vida religiosa. Os evidentes sinais de erudição nas observações da interna, sempre cercadas do cuidado satisfatório para impedir a ofensa, mas acompanhadas da causticidade estimuladora da dúvida, deixavam claro à religiosa que a ordenação não viria. E esse fato era irrelevante diante do conhecimento médico daquela mulher ilustrada e de sua colaboração com as copistas. Speranza já tinha vivido o bastante para atribuir aos fatos a importância que estes têm.

Mirta, sem disfarçar o contentamento pela nova atribuição, tratou de acordar com as duas irmãs um horário para a execução do novo trabalho. As três estabeleceram que a manhã era o melhor período para as obrigações na botica e o atendimento aos enfermos, e que a tarde seria dedicada ao herbário. O horário agendado se enquadrava perfeitamente ao desejo de Mirta. Em suas horas de estudo, a assistente de irmã Agnes já havia notado as distorções existentes no primeiro herbário elaborado pelas copistas. A preocupação das desenhistas com o belo acabara por produzir iluminuras que distorciam a maioria das imagens das plantas, às vezes por conta de uma simetria inexistente na natureza, outras por causa de cores nunca encontradas nas ervas. Da mesma forma, detalhes de embelezamento foram acrescentados em função do melhor resultado estético, afastando a obra da exatidão e, portanto, de sua utilidade.

Mirta tinha o plano de produzir um herbário com conteúdo confiável, organizado dentro de parâmetros científicos. Ela organizaria o manual médico em capítulos separados entre árvores, arbustos e ervas. Essa divisão diminuiria a chance de emprego equivocado dos recursos naturais. Além disso, como forma de garantir uma ilustração precisa de cada planta medicinal, pela manhã ela iria pessoalmente colher o exemplar a ser desenhado. Na botica, colocaria a planta em um jarro, levando-a devidamente identificada para o *scriptorium* no período da tarde. Nos casos de arbustos e árvores, levaria as artistas encarregadas do desenho até o recurso vegetal em evidência, para que esboços pudessem ser elaborados a partir da realidade. O hábito de copiar plantas desenhadas em herbários antigos teria de ser abandonado pelo bem da ciência. Mirta pensou ainda que as plantas deveriam ser retratadas com folhas, flores, frutos e raízes em suas distintas etapas de desenvolvimento, respeitando as estações do ano. Isso aumentaria o trabalho, mas iria assegurar precisão no uso do herbário – e, em se tratando da cura e da garantia da saúde, nenhum trabalho era excessivo.

Um problema necessitaria da compreensão da abadessa para que pudesse ser superado. Embora o jardim botânico de Le Murate fosse extenso, não possuía todas as ervas empregadas por irmã Agnes e sua assistente boticária. Muitos dos insumos para os remédios chegavam ao convento importados de outros cultivos, fosse de mosteiros da região, fosse do exterior, e Mirta gostaria que esforços fossem empreendidos para que as plantas faltantes chegassem, em vasos e sementes, à abadia da Via Ghibellina. A abadessa refutou a ideia a princípio, mas a insistência de Mirta acabou por convencê-la, de forma que uma série de cartas partiu de Le Murate para conventos de repúblicas próximas e distantes. Após alguns meses, o convento guardava um respeitável patrimônio vegetal com virtudes medicinais. Essa coleção viria a ser muito útil para a criação do Jardim Botânico de Florença, concebido três décadas mais tarde com o objetivo de fornecer à faculdade de medicina espécimes vegetais para o estudo e produção de fármacos.

As ideias de Mirta dirigiram a confecção do herbário sem contratempos. Irmã Agnes estava satisfeita com o zelo na identificação das plantas e com a salvaguarda de suas orientações, tanto quanto irmã Giustina sentia alívio por não ter de decifrar garranchos que descreviam técnicas desconhecidas por ela. Mas Mirta era quem mais apreciava a composição da obra, que representava a materialização de sua posição de boticária assistente.

Ordinariamente, os herbários publicados também traziam, em desenho, informações sobre a aplicação das plantas medicinais. Assim, uma planta que combatesse os efeitos da picada de cobra, por exemplo, poderia ser representada tendo o réptil ao lado. E Mirta, influenciada pela atmosfera da Renascença, estava decidida a incluir entre as iluminuras desenhos da anatomia e fisiologia humana. No entanto, ainda que a proibição das dissecações para fins de estudo tivesse sido abolida pelo papa Sisto IV, a tentativa demonstrou que a iniciativa era prematura. Os documentos contendo informações que detalhassem o funcionamento dos órgãos, seus aspectos e dimensões ainda não permitiam um cotejo que desse a Mirta segurança para eleger como sua a opinião de qualquer dos estudiosos. Foi assim que ela concluiu pelo adiamento. Em alguns anos, outro herbário mais preciso e completo deveria ser elaborado, incluindo o uso de minerais, resinas, fármacos, produtos animais e águas termais, assim como os detalhes anatômicos e de fisiologia humana.

Irmã Agnes, conservadora que não confiava em modernismos, insistia no trabalho das copistas e na representação das plantas através de iluminuras. Mirta, de sua parte, gostaria de publicar um herbário impresso com a reprodução das plantas por meio da xilogravura, técnica que consiste em entalhar o desenho na madeira, com todos os detalhes. Depois de pronta a matriz, basta duplicá-la usando tinta, feito um carimbo. Ao contrário da irmã, Mirta via muitas vantagens no método. A impressão por xilogravura garantia que todas as páginas fossem reproduzidas de forma fidedigna, ainda que repetidas mil vezes. Mas o mais importante era que a gravação, de custo muitas vezes inferior ao da cópia, permitia uma ampla divulgação do trabalho, com a democratização do conhecimento. E Mirta, recordando sua origem e sendo opositora da ignorância, acreditava que a disseminação do saber era o melhor e mais potente remédio para quaisquer dos males que assolavam a sociedade renascentista. Em especial, o obscurantismo.

VI

1520

Havia horas que Mirta se encontrava absorta em seus estudos quando foi chamada para realizar um atendimento. Uma das noviças se achava acamada, sofrendo de dores estomacais. A boticária foi até o dormitório e a encontrou encolhida, enrolada em torno de si mesma com as mãos no estômago, pálida de dor. A jovem, oriunda de Siena, havia chegado ao convento quinze dias antes. Filha caçula de um homem de posses e de uma mãe com antepassados nobres mas que perderam a fortuna, Ambra, a aspirante a religiosa, seguira o caminho natural após o casamento das duas irmãs mais velhas. Seu pai não teria como bancar um terceiro dote sem encarar séria perda financeira, e Ambra não lamentou ter de vir para Le Murate. Os casamentos das irmãs, decididos para atender à conveniência das famílias dos nubentes, não pareceram a ela que tivessem sido vantajosos para nenhuma das moças, e ela lamentava a sorte das duas.

A jovem sensível e sonhadora tinha aspirações artísticas. A prática do mecenato, adotada durante a Baixa Idade Média e no Renascimento, viabilizou um período de florescimento das artes. Nomes como os de Masaccio, Donatello, Michelangelo, Botticelli, Da Vinci, Rafael, Brunelleschi e Ticiano, entre muitos outros, ficariam registrados, através dos séculos, pelo virtuosismo presente em seus trabalhos. Ambra reconhecia e admirava a beleza das obras festejadas, pois sua posição econômica havia permitido que frequentasse ambientes onde a exibição de pinturas e esculturas dos artistas mais célebres também era uma demonstração de força e poder que alimentava uma verdadeira guerra em busca da fidelização do melhor talento.

Mas Ambra notava a ausência de mulheres entre os nomes consagrados nas belas-artes. Limitadas por decisões masculinas sobre o que era ou não conveniente à educação feminina, as mulheres vocacionadas à arte permaneciam oprimidas, tendo, quando isso não era visto como vergonha, a oportunidade de se exibirem de forma privada, no seio da família. Ainda que as obras fossem religiosas, as regras impostas ao sexo feminino impediam o desenvolvimento das artistas em pé de igualdade com os homens.

Por tudo isso, mas também pela libertação do jugo paterno e eliminação da possibilidade do jugo marital, Ambra estava feliz com o início da vida religiosa. Aos vinte e três anos, ela contava alcançar atrás dos muros o respeito e o espaço demandados por sua arte. A noviça entrou em Le Murate cheia de planos e esperanças, porém logo nos primeiros dias começara a sentir cólicas estomacais que foram se agravando e, agora, a faziam transpirar. A jovem amante das artes já acumulava três noites mal dormidas, perturbada pela dor, o que a obrigara ao repouso e a afastara dos afazeres diários. Ela respondeu às perguntas feitas por Mirta com confiança, pois estava segura de que a boticária saberia o que fazer.

Após examiná-la, Mirta colocou umas gotas de extrato de beladona em um copo com água. As propriedades da planta não apenas acalmariam os espasmos, como aquietariam os nervos da moça. Mesmo enfrentando dores, Ambra encontrou ânimo para relatar a Mirta toda sua trajetória e os planos para a nova vida. A boticária recomendou a ela jejum e a repetição do medicamento da forma indicada, após um intervalo de duas horas e também antes de dormir. Mirta salientou a importância do respeito à dosagem, pois em doses erradas a ação da planta podia intoxicar e até matar. Em seguida, deixou o dormitório sentindo carinho pela jovem, perdida em pensamentos que sugeriam que, caso sua própria história não tivesse tomado o rumo que tomou, ela e Lorenzo poderiam ter uma filha com idade aproximada à de Ambra.

Toda a consulta e conversa haviam durado pouco mais de quarenta minutos e, quando Mirta saiu, Ambra já sentia os espasmos perdendo força. O alívio a fez gostar da boticária imediatamente, mas a visita também a deixara muito intrigada. Quem era aquela mulher que parecia religiosa porém não usava o hábito branco das beneditinas de Santa Maria Annunziata? Ambra notou a simplicidade da vestimenta de Mirta, carente de beleza e pródiga em modéstia. Uma túnica bege, de linho ou algodão, que era vestida pela cabeça, ampla, com mangas ajustadas nos punhos, coberta por outra túnica azul-clara, esta com abertura frontal até os pés, sem botões ou adereços. A boticária não cobria a cabeça, exibindo cabelos longos divididos ao meio e com alguns poucos fios grisalhos. Suas observações chamavam a atenção por se revestirem da clareza, eloquência e segurança dos ilustrados.

Acostumada a frequentar os eventos da elite de Siena e, em ocasiões especiais, recepções oferecidas em Florença, Ambra conhecia a fundo as exigências da moda renascentista. Seu pendor artístico dirigia sua atenção aos brocados, veludos, cetins de cores múltiplas e sedas refinadas que compunham os trajes dos convidados, desenhados com ombros à mostra, mangas amplas, corpetes acinturados e ornamentados com pedras, bordados, pérolas. O senso estético da jovem se encantava com a beleza de algumas composições tanto quanto rechaçava os excessos promovidos por certos burgueses que, no afã de demonstrar a robustez de suas finanças e conquistar espaço entre os abastados, exageravam nos adereços e no mau gosto, dando pouca atenção à instrução, ao refinamento e à elegância. A jovem perspicaz atinou que a boticária parecia ser o oposto dessa junção de opulência e grosseria, pois sua figura modesta era merecedora de posição peculiar dentro da comunidade monástica, sendo tratada com muita deferência, mesmo sem ter feito os votos. E isso muito interessou a Ambra.

Havia muito que Mirta alcançara uma forma acurada de pensar, compensando o esplendor de seu raciocínio lógico e senso crítico agudíssimo com a simplicidade e praticidade no vestir. No inverno, os tecidos de suas roupas despretensiosas eram trocados por lã e as camadas aumentavam, mas a postura sóbria era mantida, dando a ela a aparência de religiosa. Essa opção pelo comedimento em muito agradava à abadessa Dimitila, que substituíra Speranza havia alguns meses.

Cansada das atribuições do posto e oprimida pelo fardo da idade, a antiga abadessa trabalhou pela eleição de Dimitila, que fora sua fiel escudeira por muitos anos. A transição se dera de forma tranquila, e Speranza assumiu o posto de conselheira particular da abadessa, continuando a ser, portanto, figura influente na comunidade, mas sem carregar o ônus da responsabilidade pela administração do convento. A troca de cadeiras não alterou a posição de destaque alcançada por Mirta. Dimitila respeitava o trabalho da filha de Lucrezia e, de certa forma, fora até mais condescendente com ela, sugerindo que Mirta passasse a ocupar outro aposento do convento. O novo refúgio ficava escada acima e tinha espaço suficiente para acomodar, além da cama, uma estante de livros, um pequeno fogão de pedra, uma mesa sólida e sua cadeira.

Na mesa, descansavam uma cesta para colheita de ervas e alguns livros da antiguidade clássica sobre medicina, em especial os cinco volumes da farmacopeia "De Matéria Médica", do grego Dioscórides. O retorno aos ideais do Classicismo, promovido pelo Renascimento, alcançava também essa área. Livros basilares para o desenvolvimento da ciência médica passaram a ser publicados em diversas línguas, em um verdadeiro frenesi humanista.

Mirta buscava saber mais. Sua mente racional não perdia a oportunidade de rebater a corrente atribuição da cura das doenças aos milagres produzidos por imagens e relíquias de santos. Apesar de os ares luteranos – que deixaram a Alemanha e se espalharam por todo o continente – terem servido para ratificar suas percepções sobre as relações da Igreja com o poder e o dinheiro, esse posicionamento contrário aos milagres não significava desrespeito à fé ou rejeição dos valores religiosos. Ao contrário, demonstrava que ela priorizava os conceitos científicos presentes nas obras dos grandes mestres, particularmente nos ensinamentos de Dioscórides.

O mundo passava por mudanças profundas. A interação entre os continentes promovida pelas navegações rompia as barreiras que separavam o Medievo da modernidade. Em Portugal, aportavam navios vindos das novas terras descobertas, carregados de matérias até então desconhecidas, e esse era o assunto que dominava as conversas dos estudiosos europeus, esperançosos e entusiasmados com novas possibilidades dentro do universo da cura. A boticária se sentia estimulada e empolgada com as recentes descobertas. Ela via nas novidades uma porta para a pesquisa e a diminuição de mazelas ainda sem solução.

Mas irmã Agnes era refratária às inovações. O tratado "De Matéria Médica" apresentava substâncias medicinais encontradas não apenas entre as plantas, mas também em elementos minerais e animais, todos eles catalogados na Grécia Clássica – e muitos com origem no oriente. Essas substâncias eram desconhecidas da idosa conservadora, que não tinha o desapego necessário para adquirir novos conhecimentos. Irmã Agnes resistia ao manual tanto quanto resistia à xilogravura. A velha boticária admirava sua pupila, mas, ao mesmo tempo, aceitar novidades seria admitir que seus conhecimentos estavam ficando obsoletos. Então, ela ia resistindo como podia, rejeitando as observações da assistente sempre que saíam da prática usual.

Diante desse quadro, os novos aposentos serviram de recanto de paz, onde as investigações de Mirta poderiam se desenvolver longe dos olhares de desaprovação de irmã Agnes. E foi ali, concentrada nos estudos, que Ambra foi encontrá-la dias depois dos problemas gástricos, para agradecer pelos bons cuidados. A porta se achava entreaberta, e a visitante bateu enquanto espichava a cabeça para dentro do aposento. A boticária se surpreendeu com a visita incomum para uma noviça. Descontraída, a jovem entrou sem esperar por qualquer reação da outra e passou a falar das maravilhas que a beladona havia promovido.

– Não sei como agradecê-la o suficiente pelo alívio! – disse a moça, entusiasmada. – As cólicas desapareceram e dormi muito profundamente na outra noite!

Após a privação do sono em companhia das dores, Ambra festejava o repouso ansiado. Mirta, satisfeita com o reconhecimento, respondeu à noviça:

– Me alegro em saber! Entre as propriedades da beladona está a de causar leve torpor e relaxamento, mas é necessário que se tenha cautela, pois, em doses exageradas, ela pode provocar alucinações e até a morte. A sabedoria de são Bento recomenda o uso da justa medida, sempre!

A conversa seguiu animada. As duas, boticária e noviça, usufruíam da simpatia mútua, o que acabou por derrubar as barreiras impostas pela formalidade. Em meio a essa troca gentil e desinteressada, Ambra perguntou a Mirta sobre sua trajetória dentro do convento. Restava evidente que ela não era religiosa, tanto quanto estava claro que as muradas a tratavam com o mesmo respeito dispensado às religiosas mais influentes em Santa Maria Annunziata. Ambra já havia observado Mirta fazendo as refeições, participando das orações e reuniões, frequentando espaços e demonstrando uma intimidade que não estava aberta às corrodianas, aquelas jovens que cumpriam a *serbanza* ou prestavam serviço.

Surpreendida pela pergunta, Mirta titubeou, mas fez um breve e cauteloso relato de sua trajetória, evitando detalhes da vida pré-clausura.

– É uma longa história... Mas digamos que as relações de amizade entre meu tio, o abade Giovanni Martelli, e a abadessa Speranza facilitaram minha entrada em Le Murate – explicou. E seguiu dizendo:

– A princípio minha permanência seria temporária, um período educativo. Mas encontrei aqui, por trás destas grossas paredes, a paz que eu desconhecia.

E concluiu atribuindo a responsabilidade pelo alongamento de sua estada no claustro às suas paixões: o estudo e a botica. Os anos de convivência, ressaltou, acabaram por construir uma íntima integração com as monjas.

A conversa já se demorava para além do usual, consideradas as demandas do cotidiano de uma noviça seguidora da Regra. Assim, Ambra se despediu rapidamente, perguntando se poderia voltar para saber mais do trabalho de Mirta e de sua trajetória. A boticária assentiu à proposta, mas esclareceu que precisava se dedicar aos estudos e que os encontros teriam que ser limitados a uma vez por semana. Ambra partiu, apressada, em direção às orações vespertinas, deixando Mirta um tanto desorientada com a repentina amizade.

As visitas de Ambra se tornaram habituais. A jovem artista perguntou a Mirta tudo o que lhe ocorria, das dificuldades mais simples envolvendo a clausura até as propriedades das plantas medicinais. Em contrapartida, ofereceu a Mirta um relato detalhado das novidades adotadas pela elite. Contou dos esforços femininos para clareamento da pele e eliminação de pelos, discorreu sobre as roupas masculinas, com gibões ricamente ornamentados e sapatos de bico quadrado, mas sobretudo falou da beleza das obras patrocinadas pelo mecenato. A vaidade estimulava o mercado das belas-artes. As famílias nobres encomendavam obras por intermédio das quais buscavam exibir seu status social.

A relação entre as duas mulheres se fortalecia a cada visita. Ambra passou a orientar Mirta na composição de bordados, atividade cultivada pela boticária nos momentos de relaxamento.

A noviça sugeria composições de cores, agregando detalhes que apenas o senso estético de uma artista alcançaria produzir, enquanto Mirta introduziu Ambra no mundo da ciência médica, em um verdadeiro processo educativo.

A proximidade e sintonia entre as duas levaram Mirta a sugerir à mestra de noviças que incluísse, entre as obrigações de Ambra, o trabalho no jardim botânico. Desde a elaboração do herbário, o jardim tinha crescido, juntamente com o esforço demandado pela sua manutenção, e ela precisava de ajuda interessada. A sugestão foi aceita, a agenda organizada e as duas passaram a ter a oportunidade de uma convivência mais constante e estreita. A noviça também se dedicava à pintura. Dotada de talento incomum, sua inclusão no trabalho desenvolvido pelas monjas do *scriptorium* foi uma decisão natural. Mas a jovem não queria restringir o exercício de sua arte às iluminuras: ela tinha planos de produzir telas. Para que o projeto da jovem obtivesse sucesso, foi preciso contar com a influência de Mirta junto a Dimitila.

Ao contrário de irmã Agnes, a abadessa era aberta às novidades científicas, mas ainda se mostrava conservadora em relação aos papéis adequados à mulher na sociedade e também na clausura. Dimitila acreditava que a mulher deveria permanecer submissa à autoridade paterna e às convenções sociais. Ela não reconhecia como natural o desejo feminino de ocupar searas tradicionalmente facultadas aos homens, e acreditava que os afazeres domésticos e a maternidade eram as responsabilidades que tornavam a mulher temente a Deus digna de respeito e consideração. No mais, ela deveria trabalhar para garantir o sustento da família ou seguir a Regra de São Bento, mas sem invadir territórios masculinos, que eram infinitamente mais extensos que os femininos.

Mirta conhecia a superiora o suficiente para antecipar que a conversa seria difícil, mas acreditava que o talento de Ambra merecia o esforço. Assim, com essa convicção, abordou a abadessa sugerindo que Ambra passasse a produzir telas. Dimitila se aturdiu com a proposta e prontamente a rechaçou, sentenciando:

– Abraçar a vida religiosa e a clausura significa deixar de lado aspirações mundanas. A única vocação a ser cultivada deve ser a religiosa!

– Mas se tudo emana de Deus e é por Ele determinado, o talento para as belas-artes não deve ser desprezado apenas por ter se manifestado através de uma mulher, também filha de Deus – Mirta contra-argumentou.

– A Igreja não reconhece a autonomia feminina. A Bíblia é explícita em determinar a submissão da mulher ao marido. Romper com essas verdades, dando asas à mulher e estimulando seu trabalho artístico, é romper com as leis divinas!

Sem se dar por vencida, Mirta perguntou:

– A produção de iluminuras também se encontra entre os direitos masculinos garantidos pela Bíblia? A senhora avalia que as monjas iluminadoras se encontram em erro?

– O caso das iluminuras é distinto! Elas são produzidas quase sempre com temas religiosos e se destinam a adornar livros importantes, sagrados, hinários, coleções de salmos, de cânticos religiosos e missais que espalham a palavra de Deus. Ademais, são parte fundamental das atividades econômicas de Santa Maria Annunziata, patrocinando segurança e conforto para as mais de duzentas religiosas que aqui vivem. Trata-se de uma tradição antiga e respeitada. Além disso, todo o trabalho é produzido em grupo, sem destaque para nenhuma monja, já que a autoria é registrada apenas no colofão, em listagem conjunta, o que não permite o protagonismo e protege as copistas e ilustradoras dos perigos da vaidade – concluiu.

– A restrição divina ao trabalho criativo feminino envolvendo desenhos e pigmentos é determinada pelo tamanho da obra, pelo material utilizado e pelo número de mulheres envolvidas na criação? Ora, o trabalho artístico de Ambra não seria distinto do das monjas do *scriptorium*. O talento também tem a mesma origem e, em análise desprovida de preconceito, uma tela nada mais é que uma iluminura em tamanho grande!

A abadessa silenciou. Mirta a havia colocado em situação difícil. Obviamente, as restrições divinas não eram passíveis de questionamento. A Bíblia continha apenas verdades absolutas, que não poderiam ser banalizadas por detalhes relacionados a tamanhos de tela ou ajustadas em relação ao número de pessoas envolvidas na atividade. De fato, as iluminuras eram miniaturas de tela, e declarar a aspiração de Ambra inadequada seria desqualificar todo o trabalho desenvolvido em Le Murate havia décadas. Ela não poderia correr o risco de pôr em dúvida o caráter sacro da atividade abraçada pelas monjas talentosas do convento, iluminadoras de primeira grandeza, e buscou uma solução alternativa.

Após longos minutos de reflexão, aguardados por Mirta com silêncio e expectativa, Dimitila disse que Ambra poderia pintar, mas as telas deveriam abordar exclusivamente temas religiosos ou relacionados às atividades da vida no claustro. Além disso, não poderiam ser assinadas, numa demonstração de desapego que garantiria proteção contra a vaidade. Isso deveria atender às restrições divinas, pensou consigo mesma.

Mirta elogiou Dimitila pela brilhante ideia, agradeceu a boa vontade da abadessa e deixou o encontro satisfeita com o resultado da conversa. Ambra iria pintar!

VII

1521 a 1530

O ano de 1521 começara turbulento. O papa Leão X excomungou o monge agostiniano alemão Martinho Lutero após uma batalha de sete anos que terminou com a repreensão pública de um lado sombrio da Igreja. Interessado em conseguir fundos para a monumental obra da Basílica de São Pedro, no Vaticano, e também para auxiliar as tropas de Carlos V, da Espanha, que barravam a invasão de terras italianas pelo rei francês Francisco I, o papa encorajou a venda de indulgências, estabelecendo até mesmo valores distintos para os diferentes pecados.

Estimulados por essa ideia, diversos religiosos se atiraram a um comércio feroz de cartas de indulgência. Na Alemanha, o dominicano Johann Tetzel, pregador ruidoso, começou um périplo que alcançou Wittenberg, cidade que abrigava Lutero. Ele fomentava as vendas com o bordão "tão logo uma moeda na caixa cai, o pecado do purgatório sai", o que causou forte repugnância ao monge agostiniano e o elevou a protagonista de um combate em que a imprensa foi arma vital e que resultaria na Reforma Protestante.

Excomungado, Lutero desenvolveu teologia própria que, apoiando-se na Bíblia, atacava o culto aos santos e a infalibilidade papal, acabava com o celibato e dotava o homem de poderes para sua própria salvação através da fé e da retidão, sem intermediações. Assim, Martinho Lutero se transformou em afrontoso inimigo da Igreja, o que apenas serviu para fazer sua fama crescer entre os milhares de descontentes espalhados por todo o território europeu.

Irmã Dimitila andava apreensiva. O luteranismo havia complicado a situação já tão desgastada da Igreja. Ela pensava, sem se atrever a externar suas ideias, que Savonarola tinha alertado a todos sobre os perigos dos excessos fazia mais de duas décadas. Se ele tivesse sido ouvido, a reputação da Santa Igreja não estaria sob ameaça. Mas o monge de espírito forte, convicções de ferro e língua afiada não sobrevivera à oposição do poder religioso-financeiro e caíra em desgraça, morrendo na fogueira. A irmã lastimava essa trajetória, pois os abusos continuaram a ponto de desagradar às diversas camadas sociais, de reis até os mais humildes, abrindo espaço para o escândalo da Reforma Protestante.

A abadessa Speranza, agora distante dos reveses políticos, sempre fora admiradora das ideias de Savonarola, mantendo entretanto discordância de suas técnicas de convencimento, de sua rebeldia em relação à hierarquia eclesiástica e especialmente de seu enfrentamento ao papa. Speranza Signorini guardava em sua biblioteca pessoal vários dos sermões e homilias do dominicano transcritos e impressos pelas seis gráficas existentes em Florença durante o período em que o religioso era visto como profeta por milhares de florentinos. Ela tinha predileção pelas pregações críticas à corrupção no seio da igreja e transferiu essa preferência para Dimitila, que lia e relia as publicações do dominicano sem se cansar de aplaudir mentalmente as argumentações do frade.

As incertezas e angústias de Dimitila se agravaram em dezembro de 1521, com a morte do papa Leão X. Janeiro de 1522 transformou-se assim em um mês de desassossego e aguardamento, sucedido pela incógnita da eleição do cardeal Adriano Boyens, que nem sequer constava nas apostas dos entendidos, mas que surgiu diante da falta de consenso quanto aos nomes propostos. A escolha surpreendeu o próprio cardeal, que não se encontrava presente, e sua chegada como papa eleito teve de ser adiada para agosto daquele ano, por conta do surto de peste que assolava Roma. No primeiro pronunciamento, o novo pontífice, Adriano VI, deixou claras suas intenções: ele iria combater o luxo e o pecado, a venda de relíquias, o comércio de indulgências e de cargos eclesiásticos. Essa posição de pronto o desgastou politicamente.

A abadessa Dimitila se entusiasmou com a fibra do papa Adriano VI. Enfim, depois de tantas dúvidas e abusos, a Igreja voltaria aos trilhos cristãos, pensava ela. Mas sua alegria durou pouco, pois a revolta dos retirados da vida de luxo foi mais forte que a tenacidade do papa, transformando-o em motivo de achincalhe. Diante do caos, a abadessa passou a fazer de suas orações diárias súplicas em favor de Adriano VI, acompanhada em intenção pelas irmãs mais abnegadas, mas nem tanto por outras – estas ajuizavam que se o papa sofria tão ferrenha oposição, alguma razão cabia aos opositores.

Mirta cultivava opinião própria acerca da crise e a dividia com Ambra: a verdade e a razão não mudariam os rumos da situação.

Ela tinha vivência pessoal que a credenciava a fazer uma análise precisa dos meandros condutores das decisões da Igreja e sabia da competência da propaganda bem-feita para servir aos mais profanos fins e travesti-los de intenção consagrada.

Para desalento da abadessa, a passagem dos meses apenas agravava a situação do papa, que passou a receber apelidos ofensivos fazendo referência à sua origem holandesa ou a qualquer outra coisa. A pouca habilidade política de Adriano VI e o fato de não falar o idioma italiano colaboravam para aumentar sua rejeição. Por fim, as angústias da abadessa se transformaram em desespero quando o pontífice morreu, apenas um ano após sua chegada a Roma.

Mas Dimitila ainda teria muito a lamentar, pois a eleição do papa seguinte, Clemente VII, provocaria um pesadelo capaz de trazer de volta, piorados, os vícios do passado. O supremo pontífice retomou o favorecimento aos ricos e poderosos, dirigiu decisões para atender a demandas familiares e fez alianças equivocadas que iriam resultar na invasão e no saque de Roma. Em meio a essa confusão desastrosa, o protestantismo cresceu de forma vigorosa, e Dimitila, sem opção, concluiu que Deus certamente tinha um plano para a Santa Igreja – e que a ela competia somente confiar e rezar.

Mirta acompanhava os acontecimentos com o distanciamento dos que esperam muito pouco dos resultados. As contendas políticas raramente interferiam na situação das enclausuradas e, para ela, cristã racional com apego à ciência e à filosofia, os cargos eclesiásticos eram apenas postos políticos decididos de acordo com as conveniências dos mais poderosos. Ela lamentava as potenciais consequências da escolha de um papa insensato para a população mais humilde, mas sabia que o único recurso capaz de alterar essa relação desproporcional entre poder e miséria era a educação, porta de acesso a qualquer mudança nas relações sociais e tão distante da realidade vivida na Renascença. Por respeito à fé da superiora, Mirta procurava evitar o assunto, especialmente quando este tomava o rumo do luteranismo, temido e depreciado por Dimitila. A boticária já propusera uma reflexão a ela, demonstrando que a própria abadessa defendia as bandeiras de Lutero e que uma nova religião também cristã não faria mal a ninguém. Mas a ideia causou tamanha perturbação à religiosa que Mirta decidiu não mais tocar no assunto.

Ambra, agora monja, compactuava com a argumentação de Mirta. Sua história de vida também era exemplo dos rumos que os interesses dos poderosos podiam dar à vida alheia. Se tivesse tido maior liberdade para decidir, se o dote não ameaçasse a finança das famílias, se a mulher não fosse tão oprimida – inclusive e especialmente pela religião –, ela poderia ter feito outras escolhas. Mas Ambra não podia negar que estava feliz. Sua vida no convento acabara sendo melhor do que projetara. A proteção de Mirta havia suavizado a adaptação e facilitado o desenvolvimento de sua produção artística. Além disso, ela gostava do trabalho no *scriptorium* e dos estudos na botica.

Em meio às incertezas e angústias derivadas da alternância do poder na Igreja e dos valores adotados pelos distintos poderosos, irmã Agnes faleceu. Aos setenta e seis anos, a monja boticária sofreu uma queda que a deixou acamada. Mirta fez o possível para diminuir o edema e fortalecer os tecidos usando extrato de arnica e emplastros de argila, apesar da resistência da paciente a estes últimos. A idosa chegou a apresentar melhora, mas foi acometida por uma pneumonia fulminante que resistiu aos inúmeros esforços feitos por Mirta.

A perda de irmã Agnes deixou a todos consternados e fez de Ambra uma ajudante indispensável para Mirta. As duas passavam muitas horas juntas, separando e destilando ervas para a obtenção de óleos essenciais, inventariando os insumos da botica, etc. Quando não estavam reunidas trabalhando, Mirta se dedicava aos estudos e a escrever seu próprio herbário. Na verdade, ela rascunhava um manual com relatos de suas experiências práticas no atendimento às habitantes de Le Murate, que eram bastante ecléticas, abrangendo de crianças a idosas. A intenção de Mirta era publicá-lo, repleto das xilogravuras tão desprezadas por irmã Agnes – e, para isso, esperava poder contar com as habilidades artísticas de Ambra.

A ex-noviça, por sua vez, ocupava o tempo fora da botica com a pintura. O trabalho com as iluminuras recebia sua atenção, mas as telas ocupavam quase toda sua produção artística. Ambra já havia pintado as copistas pelos mais diversos ângulos, fizera imagens sacras que embelezavam as paredes do convento e de sua igreja, retratara as irmãs em oração e também bordando, sem nunca assinar a obra. Preocupada com a possibilidade de perder o direito de pintar, ela seguia a orientação da abadessa. A única exceção fora a tela pintada para Mirta e que mostrava a boticária sorrindo, cercada de plantas e livros. Esta estava assinada de forma quase imperceptível e permanecia guardada nos aposentos da boticária.

Dimitila já tinha notado a tela e a assinatura, mas fizera vista grossa porque o talento da jovem monja alcançara mitigar suas restrições quanto à presença feminina no universo das belas-artes. Esse reconhecimento também começava a entrar pelas portas de Le Murate, vindo do exterior. Era hábito, entre os religiosos, presentearem-se em datas de grande relevância. E foi assim que Dimitila pediu a Ambra que pintasse uma tela de santa Clara de Assis para dar de presente a um pároco amigo por ocasião dos cinquenta anos de sua ordenação. A obra agradou de tal forma ao padre que ele quis encomendar outra. Pega de surpresa, Dimitila inventou uma desculpa para adiar a resposta. Mais tarde, ponderou ser indelicado recusar o pedido do amigo e aceitou a tarefa.

Essa foi a primeira encomenda, sucedida por várias outras vindas de paróquias próximas e distantes, com um retorno financeiro que muito interessava às contas de Le Murate. As telas seguiam sem a assinatura de Ambra, mas passaram a ter o sinete do convento – criado por ela, preocupada em proteger seu trabalho.

Em Florença, a situação política fervilhava. A morte do papa Leão X, nascido Giovanni de Medici, havia retirado o controle da cidade-estado das mãos do clã. Mas, com a eleição de outro Medici – Clemente VII, primo do antecessor –, o poder retornou à família, tanto quanto os favores materializados na distribuição de títulos, terras e dinheiro. A agitação acompanhava a trajetória de Clemente VII e, em 1527, a oposição derrubou os Medici de Florença e as aspirações do papa.

Mirta seguia as movimentações do xadrez do mando por intermédio da chegada de educandas e pensionistas a Le Murate, e avaliava suas consequências segundo a ótica médica. As disputas levaram para dentro do convento uma epidemia de manifestações de origem nervosa, consequência da exposição de mulheres de todas as idades aos excessos e ameaças do embate político. A situação invariavelmente era assunto para as conversas com Ambra durante os estudos na botica, mas alcançava também as horas de relaxamento, quando as duas se dedicavam ao bordado. Professora e aluna analisavam a situação sob a perspectiva política e suas consequências para a população e para a Igreja, mas também estudavam os achaques, suas manifestações semelhantes e discutiam as opções terapêuticas disponíveis.

A abadessa se encontrava dividida. Se por um lado a internação de mulheres oriundas de famílias abastadas dava estabilidade ao convento, por outro o atirava no meio de uma disputa política, cujos rumos indefinidos poderiam trazer consequências nefastas para Le Murate. Os temores de Dimitila se agravaram com a chegada a Santa Maria Annunziata da *duchessina* Catarina Maria Romula de Lorenzo de Medici.

Em seus poucos anos de existência, Catarina de Medici já havia enfrentado desafios bastantes para uma vida inteira. A *duchessina* ficara órfã de pai e mãe com apenas vinte dias de nascida. O pai, Lorenzo II de Medici, duque de Urbino, já se encontrava enfermo em época anterior ao parto, e a mãe, a francesa Madeleine de la Tour d'Auvergne, padeceu de febre puerperal. A família, antecipando o futuro e buscando proteger a herdade política da dupla nacionalidade deixada por seus pais, bem como a continuidade da dinastia Medici, convidou diversas autoridades religiosas para apadrinhar a criança no batismo. Entre elas, Speranza Signorini, abadessa do convento beneditino de Santa Maria Annunziata.

As mortes sucessivas – e inesperadas para um casal jovem – levaram a duquesinha para os braços da avó, que também veio a falecer um ano mais tarde. A criança foi então acolhida pelas tias Clarissa Strozza e Lucrezia Salviati durante a queda dos Medici, em 1521. Mas, com o retorno da família ao poder, em 1523, por intermédio da eleição do papa Clemente VII, seu tio distante, ela foi acomodada no Palazzo Medici Riccardi, onde desfrutou de alguma paz por quatro anos. Em 1527, com a proclamação da República Florentina, a turba que invadiu o palácio arrastou a criança para o convento dominicano de Santa Lucia, onde ela passou a viver em condições miseráveis em meio à peste. Na mesma época, Roma era invadida e o papa, seu tio, tornava-se refém em seu próprio castelo.

Para sorte de Catarina, o embaixador francês visitou o convento de Santa Lucia e decidiu interceder em favor dela. Após muita insistência, o diplomata conseguiu a autorização dos magistrados para que a criança fosse transferida para Santa Maria Annunziata delle Murate, juntamente com sua tia Clarissa, irmã de seu pai.

A notícia da transferência de Catarina deixou as *murate* em polvorosa. A abadessa Dimitila temia que a chegada da *duchessina* ameaçasse a segurança das internas, fosse pelo ódio contra os Medici disseminado em Florença, fosse pela peste – a qual sitiara Roma, assim como o convento de Santa Lucia, onde a criança era mantida. Mas os incontáveis favores devidos aos Medici acumulados ao longo de décadas, além do vínculo batismal de Speranza Signorini com a criança, não deixaram alternativa que não a de receber a duquesa sem atrasos. Dimitila acreditava que Deus e Nossa Senhora estariam a proteger a população de Le Murate, mas, trabalhando em associação com a proteção divina, decidiu estabelecer uma rotina para Catarina e sua tia Clarissa, sob a supervisão da boticária. Mirta saberia reconhecer sintomas e definir estratégias caso a peste aproveitasse a transferência de Catarina para entrar em Le Murate.

Mirta ouviu a abadessa com preocupação. Romper o isolamento em um momento de avanço da peste era um risco que ela preferia não correr, mas, diante da falta de alternativa, sugeriu manter a pequena duquesa em quarentena enquanto não houvesse segurança para introduzi-la na rotina do convento. Ela mesma trataria de verificar as condições de saúde de Catarina diariamente e seria responsável por prover suas refeições e atender a quaisquer outras demandas que surgissem. O escritório da abadessa, que contava com uma varanda dando para um pequeno pátio, foi transformado em dormitório temporário para as ilustres visitantes. Elas ficariam ali por um mês, tempo suficiente para constatar qualquer indício de manifestação da peste e também bastante para o ajuste de seus aposentos definitivos, amplos e confortáveis. Plano estabelecido, Mirta se retirou, apreensiva.

Três dias mais tarde, no meio da madrugada, a menina Medici chegava às portas do convento protegida por um grupo de homens. Foi recebida pelas monjas, que, em círculo e mantendo uma distância segura, rezaram pela saúde e proteção da sobrinha do papa, cujo futuro ainda distante consagraria rainha da França. A velha abadessa, Speranza, em um esforço físico que revelava seu respeito ao compromisso assumido com os Medici na pia batismal, reafirmou o compromisso de protegê-la e lhe deu as boas-vindas.

Catarina tinha apenas oito anos.

A madrugada já ia alta quando a duquesinha foi conduzida a seus aposentos, juntamente com a tia. Mirta ofereceu a elas um caldo leve de legumes e recomendou que as duas repousassem. A criança precisava de descanso, especialmente após a temporada difícil que enfrentara em Santa Lucia. Mirta iria ter com elas na manhã seguinte. A criança mal conseguiu comer, exausta. Ela cochilava entre as colheradas, até que sua tia a colocou na cama para que dormisse. Os últimos tempos tinham sido muito duros para as Medici, e Le Murate era o refúgio de que seus corpos e almas alquebrados tanto necessitavam. Clarissa agradeceu mentalmente pela paz e também se recolheu. O dia vindouro seria longo.

Na manhã seguinte, por volta das dez horas, Mirta chegou ao quarto improvisado levando o desjejum e encontrou as duas hóspedes conversando. Ela havia feito duas tentativas anteriores, mas Catarina e Clarissa dormiam profundamente e a boticária considerou que o descanso seria de grande ajuda para garantir uma avaliação segura das quarentenadas. A rotina de trabalho e orações abraçada pelas monjas incluía um almoço às nove horas e uma ceia, às dezoito, mas a Regra de São Bento determinava flexibilidade para com crianças e enfermos. Mirta se valeu dessa orientação para levar frutas, pão preto, geleia e chá para sobrinha e tia. O almoço viria mais tarde, se houvesse apetite.

A chegada da boticária interrompeu a conversa, e as duas se prepararam para comer. Clarissa relatou a Mirta que Catarina tivera um sono agitado e se encontrava febril. A criança se apresentava bastante abatida e se queixava de dores na cabeça e no corpo, mas conseguiu comer um pouco. Os sintomas preocuparam Mirta, e ela os reportou à abadessa, porém seria preciso aguardar o passar das horas para a confirmação do diagnóstico. Mirta avaliava que toda a violência sofrida pela criança, expulsa de casa e empurrada para a indigência em Santa Lucia, além do desgaste da viagem, pudesse ter alguma influência na apatia e mal-estar de Catarina, mas apenas o tempo poderia confirmar suas suspeitas. Por enquanto, seria importante observar os acontecimentos e deixá-la tranquila, confortável e com alimentação frugal.

A boticária voltou ao meio-dia com uma sopa de ervilhas, cenouras e mostarda, além de biscoitos de amêndoas, especialidade da cozinha de Le Murate. Catarina parecia mais animada, a febre baixara e o apetite ganhara forças. Menos pálida, a menina agradeceu pelos biscoitos. Mirta a observou por cerca de uma hora. Ao perguntar a Clarissa sobre a vitalidade de Catarina, foi informada de que a criança adoecera seriamente ainda muito pequena, mas que desde então não tivera mais problemas de saúde. Satisfeita, a boticária se retirou, mas deixou uma chaleira com um chá preparado a partir de uma mistura de ervas medicinais, recomendando que a duquesa tomasse tudo até o jantar, às dezoito horas.

No horário combinado, Mirta retornou aos aposentos, encontrando a duquesinha com boa aparência e quase sem febre. O cozido de legumes com farinha de castanhas foi recebido por ela com interesse. A tia informou que ela ficara sonolenta, alternando temperaturas normais com algumas elevações, mas estava mais ativa. A menina não relatou mais qualquer dor, apenas cansaço, e Mirta avaliou que suas impressões sobre o quadro tinham grandes chances de estarem corretas. Na manhã seguinte, sua boa condição havia se restabelecido. Assim, uma criança falante e alegre recebeu, com apetite de adulto, a torta de alcachofras acompanhada por berinjela cozida no tomate e azeite levada por Mirta. A quarentena iria continuar, mas uma melhora tão rápida só poderia indicar que Catarina conseguira escapar da peste.

A abadessa, sem disfarçar o alívio, disse a Mirta para seguir acompanhando a menina de perto e saiu para rezar em agradecimento à Virgem pela bênção recebida, ritual que ela manteria por vários dias.

Havia duas semanas que Catarina de Medici era mantida no quarto improvisado. Como ela se apresentava perfeitamente bem, estando incomodada apenas com as restrições impostas pelo isolamento, Mirta decidiu que a quarentena poderia ser interrompida. Os novos aposentos estavam limpos, organizados e prontos na ala destinada às internas e corrodianas de família abastada, muitas delas viúvas buscando paz e consolo para suas dores. As dependências preparadas para a *duchessina* foram construídas por sua tia, Caterina Sforza, que vivera em Le Murate duas décadas antes, e tinham semelhança em conforto e estilo a uma residência Medici, o que fez Catarina se sentir em casa. A relação das *murate* com os Medici se sustentava através de vínculos tão robustos que várias antepassadas de Catarina tinham sido enterradas na igreja do convento. A velha abadessa recomendara, veementemente, que a menina fosse amparada e protegida com o desvelo e a gentileza dos quais sua família era credora.

Ambra dividia com Mirta os cuidados com a pequena duquesa, que ainda era observada com atenção e zelo. A menina, falante e curiosa, queria participar das atividades desenvolvidas por Mirta e Ambra, e os cuidados demandados por ela logo na chegada acabaram por estabelecer entre as três laços de afeto que não puderam ser ignorados.

A pequena e rica herdeira passou a atender à rotina educacional de Le Murate, mas, sempre que podia, ou quando sua insistência garantia, ela acompanhava a boticária e a aprendiz em seu trabalho no horto. Às vezes plantando, outras colhendo, podando, arrancando ervas daninhas ou apenas passeando. A perspicácia e a inteligência da herdeira Medici eram dignas de nota. Apesar da tenra idade, a criança mostrava-se capaz de desenvolver conversas sérias, exibindo a antecipação de uma maturidade imposta pelas perdas sofridas e ameaças enfrentadas. Catarina examinava e discorria sobre a situação política de Florença com um raciocínio lógico incomum na infância.

As adultas envolvidas na educação de Catarina em Le Murate faziam o possível para mantê-la longe dos assuntos inapropriados a uma criança, mas, vez por outra, um comentário ou uma observação distraída acabavam por dar a ela a certeza de que sua vida se encontrava sob ameaça. A abadessa, ciente da sagacidade

da criança e de sua lucidez, decidiu incluí-la nas aulas de latim e de francês, esperando que a demanda escolar diminuísse seu interesse pela crise florentina, que se agravava a cada dia. Mas a agenda sobrecarregada apenas retirou de Catarina o tempo livre para comentar os fatos políticos, sem afastar dela as preocupações.

O primeiro ano de Catarina de Medici em Le Murate terminou com a morte de sua tia Clarissa, deixando-a arrasada pelo desaparecimento da referência materna, a única que a menina conheceu. Mas a ocasião serviu para mais uma demonstração de fibra e maturidade da duquesa, que, aos nove anos, comportou-se com coragem e altivez diante da dor.

A perda, mais uma entre as muitas já sofridas pela criança, penalizou Mirta, que passou a lhe dedicar mais tempo, incluindo-a em suas horas de bordado, antes divididas apenas com Ambra. Os vínculos entre as duas se fortaleceram. Mirta percebeu na duquesa uma religiosidade genuína e espontânea, talvez construída por sua trágica história, apinhada de perdas e ameaças capazes de transformar a fé no último dos recursos, em recanto de paz e manancial de esperança. Mirta não conseguia evitar a comparação de sua própria trajetória com os passos de Catarina. As duas, ainda que em idades distintas, passaram por coações e privações que as transformaram. A duquesinha, cercada pela proteção do dinheiro, encontrou seu caminho e o fortalecimento de sua estrutura emocional por intermédio da educação e da religião. O investimento em sua formação, inclusive política, começara em tenra idade, fornecendo a ela as ferramentas necessárias para suportar os desafios que viriam.

Mirta, procedente de outra estirpe, também fora salva pela educação, mas em trajetória inversa. Apenas após um mergulho profundo na dor que quase a consumiu e deixou registradas em seu espírito marcas profundas e indeléveis, ela alcançou o bálsamo do conhecimento. A religião fora coadjuvante no processo que, a princípio, roubara dela a fé e o respeito pela Igreja como instituição. Mas, após anos de reflexão e estudo, a religiosidade encontrou paragem em seu âmago. Ela não tinha qualquer apreço pelos ritos sagrados, títulos, relíquias e histórias de milagres, mas via na mensagem cristã um senso de justiça e uma orientação para o acolhimento que não havia encontrado em outro lugar. Nas últimas décadas, em Le Murate, Mirta também tivera a oportunidade de testemunhar demonstrações de renúncia e altruísmo que mereciam respeito. E era assim, com respeito, que ela encarava a religiosidade de Catarina.

O ano de 1529 se iniciou sem que a calmaria chegasse a Florença. A cidade via sua recém-criada República sob ameaça, mas Catarina andava mais relaxada. A segurança do convento conseguira encher de tranquilidade os dias da menina, que, num esforço de adaptação e integração, interessava-se por todas as atividades desenvolvidas pelas monjas. Era comum vê-la colaborando na cozinha, colhendo ervas com Mirta, cantando nas aulas de música, passeando pela biblioteca do *scriptorium* ou absorvida pelas orações. Demonstrava estar sempre empenhada em contribuir, sem que isso interferisse nas horas que dedicava ao estudo formal.

Os dias de estudo, trabalho e oração se repetiam em Santa Maria Annunziata, sem alterações, enquanto a situação política atingia um ponto crítico. Em outubro, Florença foi cercada pelo príncipe de Orange, que, em aliança com o papa Clemente VII, almejava derrubar a República Florentina. A partir do cerco da cidade, a situação em Le Murate mudou completamente. Diante da ameaça, a população florentina começou a acusar as *murate* de defenderem os interesses dos Medici.

Assim, Catarina, cuja permanência no convento era mantida de forma discreta e tolerada pelos governantes, virou o centro das atenções. Enquanto o sítio se sustentava, a fome cresceu e a peste se espalhou, ampliando o desprezo dos governantes florentinos pelos Medici e pela sobrinha de Clemente VII.

A abadessa Dimitila se encontrava em pânico. Se a situação se acirrasse, as muralhas de Le Murate não bastariam para conter um eventual ataque armado deflagrado pelo governo da República e apoiado pelos famintos de Florença. Ademais, a religiosa se afeiçoara à duquesa e temia por sua segurança. Se a despensa do convento estivesse mais farta, pensava a abadessa, ela optaria por distribuir pão e grãos aos famintos como recurso para acalmar os ânimos. No entanto, as reservas se encontravam baixas, especialmente considerando que o cerco não tinha data para terminar.

Catarina não ignorava a situação e dividia seus medos com Mirta e Ambra. A esperança da *duchessina*, compartilhada por Mirta e também pelas religiosas, era a de que o bloqueio se encerrasse brevemente e que os rebeldes de Florença fossem derrotados. Tratava-se de uma análise passional, sustentada pelos laços de afeto que se haviam estabelecido ao longo dos últimos três anos de intensa convivência.

Mas os meses se sucederam sem qualquer alteração na situação: Florença permanecia cercada por armas, fome e doença. O desespero levou alguns governantes florentinos a sugerir que a *duchessina* fosse executada. Outros queriam a menina entregue aos soldados, nua, para destruir qualquer possibilidade de um casamento futuro planejado pelo papa. O conteúdo das discussões sobre o destino de Catarina chegou até o convento, deixando todas em profunda apreensão. Ambra sugeriu que a duquesa fosse retirada de lá, na calada da noite, e confiada aos cuidados das tropas do príncipe de Orange, porém não havia segurança para a execução do plano. A abadessa pensou em escondê-la em algum canto de difícil acesso dentro do convento, mas isso levaria perigo a toda população de Le Murate, que teria de lidar com a frustração dos rebeldes florentinos, ficando à mercê da ira dos revoltosos. Diante do perigo iminente, Catarina de Medici, em seus onze anos, teve a ideia que parecia fazer mais sentido: ela iria raspar a cabeça e se vestir de monja. Apresentando-se como religiosa, suas chances aumentariam. Dificilmente o governo católico de Florença seria autor do sacrilégio de executar uma religiosa.

Mirta admirou a coragem e perspicácia da adolescente. Mais uma vez, Catarina demonstrava fibra e argúcia diante de uma crise. Sem dúvida, a duquesa fora talhada para a política.

Apesar de toda a discussão e da infinidade de sugestões, algumas escabrosas, o conselho da República não conseguia chegar a um consenso sobre o destino da duquesa herdeira. Então, como decisão temporária, os conselheiros optaram por retirá-la de Le Murate, o convento amigo dos Medici, e devolvê-la a Santa Lucia, onde teriam controle sobre ela. Em vinte de julho de 1530, nove meses após o cerco de Florença, uma escolta comandada pelo jurisconsulto Silvestro Aldobrandini foi enviada tarde da noite para Santa Maria Annunziata. A confusão junto aos portões, diante dos olhos e da impotência das monjas, anunciava a materialização do maior temor já imaginado por Dimitila. Ela se aconselhou com a velha abadessa, acamada e sem energia para um combate dessa importância, e ouviu:

– Não meça esforços! Faça tudo o que estiver a seu alcance para garantir a segurança da herdeira Medici!

Uma negociação teve lugar junto às portas do convento. Por acreditar que seria morta, Catarina resistia a se entregar a Aldobrandini. A duquesa gritou para o chefe da escolta:

– Sou uma esposa de Cristo! Aquele que ousar me desviar de meu mosteiro ofenderá a Santa Igreja e a fé cristã!

Aldobrandini não contava com essa resistência e, desorientado, informou que ela seria apenas transferida de convento, retornando a Santa Lucia. Diante dessa informação, os ânimos se acalmaram. Entretanto, como era preciso garantir a segurança da duquesa, a abadessa Dimitila instruiu Mirta a acompanhá-la em uma conversa com Aldobrandini, mas mantendo silêncio. Junto ao portão, ela pediu para conversar com o encarregado da transferência da duquesa em particular. Aldobrandini decidiu aceitar a proposta e foi ao encontro das duas. Por mais que o chefe da guarda desconfiasse das intenções da abadessa, partidária dos Medici, ele também nutria respeito pela Igreja e tinha a necessidade urgente de resolver o impasse, retirando a herdeira dali.

Dimitila se apresentou e disse a ele que, apesar dos vínculos do convento beneditino com a família de Catarina e de toda a intriga envolvendo uma eventual preferência pró-Medici, aquele era um local respeitado por muitas famílias florentinas. Ali, jovens cumpriam a *serbanza* em um espaço educacional e religioso. Tratava-se de um lugar de clausura, distante dos embates e desafios da vida secular, empenhado apenas em acolher os que batessem às suas portas, sem privilégios ou obstáculos. A abadessa falou das centenas de mulheres doentes, viúvas, miseráveis, órfãs, desmoralizadas e abandonadas que o convento já acolhera desde sua fundação. Catarina, afirmou a abadessa, era apenas mais uma necessitada para a qual as portas não se fecharam.

Aldobrandini ouviu com atenção, mas argumentou:

– A jovem Medici é herdeira de um patrimônio político que ameaça a República Florentina. É fundamental que ela fique sob a tutela daqueles que entendem o ponto de vista republicano, para a própria segurança da República!

E, afirmou o jurisconsulto, o convento dominicano de Santa Lucia entendia tanto essa necessidade quanto era aderente às críticas aos excessos cometidos pelos Medici, desde que Savonarola se atrevera a fazê-las.

Mirta, indignada e muito aflita com a situação de Catarina, não se conteve e abordou o jurista com energia, perguntando ao chefe da escolta, um homem das leis:

– Respeitosamente, jurisconsulto, o doutor não nota nenhum desequilíbrio no ataque do conselho de Florença contra uma menina órfã de onze anos, religiosa e indefesa? Parece-me que a República Florentina dá mostras de fraqueza, instabilidade, ausência de valores cristãos e crueldade ao expor uma criança a violência de tal ordem.

E acrescentou:

– O doutor, um homem letrado e devoto, deveria perscrutar a consciência antes de ser o carrasco que executa sentença tão vil, que despreza a justiça e tem o timbre da desproporcionalidade!

Claramente embaraçado, Aldobrandini reiterou que a duquesa apenas seria transferida para o convento de Santa Lucia, em segurança, e afirmou:

– Não há nenhuma ordem para que ela seja executada!

Temerosa, a abadessa pediu a ele para jurar sobre a Bíblia que iria garantir a segurança de Catarina com a própria vida, o que ele fez, ato contínuo, acrescentando:

– Se alguma das irmãs preferir, pode acompanhar a transferência de Catarina até Santa Lucia. Eu mesmo cuidarei de assegurar que o retorno da religiosa a Le Murate transcorra de forma serena, sob escolta.

Dimitila, orientada apenas pelo interesse em proteger a criança e deixando de lado as restrições impostas pela vida monástica, ordenou:

– A senhora boticária irá acompanhar Catarina até o convento escolhido como cárcere pela República, mas ela deverá retornar ainda hoje.

E as duas se retiraram para buscar a menina.

Mirta estava atônita! Fazia trinta e quatro anos que ela vivia cercada pelos muros de Le Murate e, entre seus planos, não se encontrava o de atravessar os portões. Dimitila, percebendo a perturbação que tomava conta da companheira de claustro, acalmou a boticária:

– A segurança da duquesinha justifica a saída. Estamos diante de uma emergência. Confie na proteção divina e na palavra empenhada de Aldobrandini.

Ela acrescentou que a viagem seria curta. Tão logo Catarina estivesse em segurança, Mirta retornaria, antes mesmo do amanhecer.

A duquesa foi informada dos planos e seguiu em companhia de Mirta ao encontro de seus carrascos. A menina se recusou a retirar o hábito de freira e saiu pela estrada montada em um burro e escoltada por homens armados, tendo Mirta logo atrás. Catarina de Medici partiu em direção a seu destino, que a levaria a reinar na França, deixando Le Murate imerso em lágrimas. Pelo caminho, um sem-número de miseráveis gritava e lhe dirigia impropérios e ameaças, mas a *duchessina* sustentou a postura firme que lhe era característica.

Mirta a acompanhava em silêncio reverencioso, observando a turba e pensando que trinta e quatro anos haviam se passado desde que a ignorância, os interesses pessoais, as disputas políticas e a maledicência condenaram Lorenzo à morte e ela à dor vitalícia. Um tempo longo, mas não o bastante para extirpar da sociedade a indigência moral, o obscurantismo e a truculência que condenavam vidas inocentes à desdita.

A boticária confiou Catarina aos cuidados das religiosas de Santa Lucia. Despediu-se com um forte e emocionado abraço e retornou escoltada a Le Murate, em desalento. A excursão noturna fez aflorar em Mirta memórias que estavam esmaecidas. A ausência de Lorenzo era sua companhia mais assídua, suplantando até mesmo a vibrante convivência com Ambra, mas se tratava de uma presença serena, algo que ela reconhecia, assimilava, lamentava, porém não mais a torturava. Um luto sob o controle da razão. A visão da turba sedenta de violência causou profunda comoção na boticária, que, naquela noite, desatou num pranto de desesperança. Mirta chorou por ela, por Catarina, mas sobretudo devido ao desconsolo provocado pelas manifestações de ódio, indicadoras de que muitos inocentes ainda teriam suas vidas sacrificadas em nome da ignorância travestida de justiça. A bruma do esmorecimento se abateu sobre ela e a acompanhou por vários dias.

Em dez de agosto, vinte dias após a prisão de Catarina pelos republicanos, a República de Florença foi derrotada. O papa havia deixado o cativeiro e, após uma série de alianças entre ex-inimigos, os rebeldes florentinos acabaram abandonados à própria sorte. A notícia chegou a Le Murate acompanhada da preocupação com a situação da pequena duquesa, que poderia ter se transformado em última vingança ao alcance das mãos furiosas dos republicanos, uma desforra contra os Medici.

Mas os temores logo foram eliminados, pois a herdeira, objeto do rancor dos rebeldes, retornou sã e salva ao convento de Santa Maria Annunziata. Catarina chegou sorridente e emocionada. Logo, uma animada conversa se estabeleceu entre a duquesa, a abadessa Dimitila, Ambra e Mirta, acompanhada por uma mancheia de *maccherone*, os biscoitos de amêndoa de que Catarina tanto gostava. A menina relatou que os vinte dias em Santa Lucia foram de insegurança, mas que ela não sofrera maus-tratos. Disse que assim que a República foi derrotada, seu tio enviou um emissário com a missão de conduzi-la a Roma, mas que ela o fizera retornar com a notícia de que precisaria ficar em Florença por alguns dias em companhia de suas benfeitoras.

Os planos de seu tio papa eram deixá-la sob os cuidados da tia Lucrezia Salviati no Palazzo Medici, onde ela seguiria com sua educação até que um casamento fosse arranjado. Não existia ainda nenhum projeto esboçado para isso, mas a menina sempre soube como as coisas se dariam. Ela era uma rica Medici, representante de uma força política determinante do destino de Florença por décadas e, uma vez mais, alçada ao poder. Seu casamento faria parte de um acordo destinado a proteger a hegemonia da família, e ela fora preparada para aceitar a missão, o que lhe permitia discorrer sobre o futuro com naturalidade.

A antiga abadessa recebeu a notícia do retorno de Catarina com alívio e alegria. Ela sabia que seus dias estavam chegando ao fim e andava angustiada com a possibilidade de não ter sido capaz de honrar o compromisso assumido na pia batismal. Speranza agradeceu a Deus pela oportunidade de demonstrar fidelidade à família de protetores e respeito pelo compromisso do batismo.

A estada de Catarina, formada de descanso e tranquilidade, fez com que os ânimos de Mirta melhorassem. Havia esperança após a injustiça. A herdeira retomou sua rotina, bordando, acompanhando Mirta na colheita de ervas, mas sobretudo conversando sobre os mais diversos assuntos. Em tais conversas, a paixão pela arte da cura era confirmada pela boticária, que reiterou a Catarina:

– Minha maior paixão, na verdade, está centrada no conhecimento e na ciência, recursos que, dia após dia, desfazem superstições e trazem luz à humanidade.

A presença de Mirta ao lado de Catarina durante a perigosa excursão noturna a Santa Lucia havia fortalecido a intimidade e confiança entre elas. A menina sentia afeto e gratidão pela boticária, vendo nela uma protetora e uma referência. Ao se despedirem para o retorno de Catarina a Roma, ambas sabiam que estariam ligadas para sempre. A passagem do tempo tratou de confirmar essa certeza através de cartas e doações enviadas a Le Murate por aquela que seria coroada rainha da França em 1549.

VIII

1534 a 1537

Fazia frio naquela manhã de novembro quando Mirta foi chamada para uma conversa com a abadessa. A convocação indicava que algo extraordinário havia acontecido, pois Dimitila, uma fervorosa defensora do "Ora e Labora" de são Bento, era rígida com horários e interrupções de tarefas. Mirta chegou ao escritório e encontrou seu tio, o abade Giovanni Martelli, que trazia a notícia da morte de sua mãe. O comunicado causou profunda e sincera consternação em Mirta.

Mãe e filha haviam sido cúmplices nos anos de miséria e desconsolo após a viuvez prematura de Lucrezia. Foram anos duros, de muitas privações, até que o tio Giovanni pudesse passar a ajudá-las. Durante todo o período de escassez, dividiram o que tinham, que era pouco, mas nutriram de amor e proteção uma à outra, com abundância. Mirta queria muito bem à mãe e, se estava ausente de sua vida, isso se devia às surpresas do destino, que a havia tirado de Lorenzo e dirigido para a vida na clausura.

Ao longo das décadas de reclusão, as duas se viram poucas vezes, mas em todas elas reafirmaram a afeição mútua. Lucrezia era dezessete anos mais velha que Mirta e, se tinha alguma responsabilidade pelos caminhos que a filha fora obrigada a percorrer, isso era perfeitamente compreensível. Especialmente por se tratar de uma mulher inexperiente, de trinta e três anos, pobre e viúva, exposta à brutalidade que deriva da ignorância e se materializa em maledicência e difamação. Mirta sentia apenas afeto pela mãe e nenhuma mágoa. Por isso, a notícia a deixou desolada.

Giovanni também se encontrava pesaroso. Ele se sentia responsável pelos anos de solidão de Lucrezia após a internação de Mirta. Em seus planos iniciais, a moça retornaria ao convívio da mãe tão logo ele superasse as consequências da calúnia e se tornasse abade, mas a morte de Lorenzo havia mudado o rumo da história. A princípio, o religioso atribuíra a tragédia à vontade de Deus, mas os anos foram passando e ele, mais sábio e menos preocupado com críticas e mexericos, passou a duvidar da própria inocência, sentindo-se em débito com a irmã e a sobrinha. Agora, a morte de Lucrezia fizera aflorar as emoções mais cruéis que sua alma atormentada carregava, e ele mal sabia como se comportar diante de Mirta.

Giovanni desconhecia que a sobrinha havia abandonado o terreno da acusação e da responsabilização dos familiares por seu destino, atingindo a compreensão de que tudo procedia da névoa de desinformação que eclipsa olhos e mentes e dirige os fatos. Há muito, ela via o tio como vítima de uma estrutura social e também eclesiástica que, ao invés de iluminar as consciências, aproveita-se do obscurantismo para atingir seus fins.

A boticária abraçou o tio, emocionada, e o abade chorou nos braços da sobrinha. A morte de Lucrezia trouxera viço aos laços familiares que os unia.

Era o ano de 1534. Catarina de Medici se casara em outubro do ano anterior. Mirta, filha da lavadeira Lucrezia, sobrinha do abade Giovanni, boticária do convento delle Murate, fora lembrada pela adolescente, que fizera incluir seu nome na lista de convidados para o evento. O convento de Santa Maria Annunziata fora agraciado com o envio de dois convites, verdadeiras obras-primas em caligrafia e ilustração. Um deles era protocolar, manifestação de reconhecimento dos vínculos existentes entre os Medici e o convento; o outro, especialmente dedicado a Mirta, vinha recheado de afeto.

Mirta lamentou não ter podido dar ciência dessa deferência à mãe. Lucrezia teria ficado maravilhada e, por intermédio da filha, poderia finalmente sentir que tinha alguma importância depois de uma vida marcada pela insignificância.

Absorta nos estudos, protegida dos valores da vida em sociedade pelas contenções da clausura, destino que ela abraçara por desencanto mas que dera sentido e importância à sua vida, Mirta se esquecera de compartilhar com a mãe suas conquistas. Não fez isso de forma egoísta, mas apenas por enxergar a realidade por um prisma distinto e distante daquele da genitora. Ela comparava seus desafios pessoais às limitações impostas à mãe e reconhecia desfrutar de privilégios incomuns, regalias negadas até mesmo às mulheres da elite. A filha de Lucrezia antecipou a extensão de sua trajetória em busca do conhecimento, percurso para toda sua existência, e se aferrou a esse compromisso, feito um pacto firmado consigo mesma em defesa da lucidez que iria transformar a sociedade.

A boticária se despediu do tio e, mortificada pela dor, foi ao encontro de Ambra. As anotações que vinha coletando e aprimorando com o intuito de publicar seu próprio herbário seguiam empilhadas e desorganizadas. O empenho da boticária em descrever à minúcia os efeitos de cada erva, suas aplicações e formas de identificação de acordo com a estação do ano, o preparo e a dosagem havia emperrado a catalogação. Além disso, a constante descoberta de novos insumos, muitos vindos do novo continente, dificultava a conclusão do estudo, que não chegava a um formato que ela pudesse chamar de ideal.

Estimulando o apego de Mirta pela acuidade científica se encontravam, ainda, as descobertas de Paracelso, um médico e clínico suíço que andava causando escândalos por renegar as teorias médicas em vigência. Mirta havia lido a descrição que o doutor fizera da sífilis anos antes e da aplicação de mercúrio para a cura da doença. Esse estudo perturbara fortemente a boticária pesquisadora, pois descortinava um universo de novas possibilidades que não as pertencentes ao mundo vegetal e animal, adentrando a esfera dos recursos minerais, algo inusitado. Seu espírito investigativo e o apreço pela exatidão diziam a ela que era obrigatório conhecer mais sobre o tema antes de considerar seu trabalho concluído.

Atiçando sua curiosidade científica, chegavam relatos informando que Paracelso havia conseguido curar centenas de vidas ao enfrentar uma epidemia de peste em Stertzing, no Tirol, dando aos doentes miolo de pão inoculado com suas próprias secreções. Ela ouvira dizer que o médico defendia que "o que provoca a doença também pode curá-la, caso administrado em pequenas doses". Para Mirta, a máxima fazia todo o sentido. Ela mesma era cuidadosa no uso de beladona, mandrágora, arruda, babosa e calêndula, entre outras plantas que, se empregadas da forma errada ou em dose equivocada, podiam acarretar sérios problemas à saúde – até mesmo a morte.

Seu herbário teria de se aprofundar também nos estudos de Paracelso! Mas ela iria dizer a Ambra para dedicar mais tempo aos desenhos que serviriam de base para as xilogravuras, pois, por enquanto, essa era a única informação que não corria o risco de ser transformada pelas novas descobertas. Ambra mostrou a Mirta o resultado de sua arte aplicada à ciência. As ilustrações eram de um realismo que permitiria cercar de precisão a futura identificação das ervas pelos leitores do manual médico. Havia ainda muito a desenhar, uma vez que as plantas medicinais tinham de ser retratadas em cada fase de desenvolvimento, mas Mirta estava bastante satisfeita com o resultado alcançado. Ela apenas se preocupava em ampliar seus estudos sobre os métodos do alquimista suíço e em encontrar uma solução para os custos da impressão do herbário.

A rotina de estudo e trabalho de Mirta seguia com maior afinco. Ela agora revisava suas anotações, preparando-as para uma eventual publicação ainda nebulosa quando, em meados de 1535, o convento recebeu uma viúva de Trento, com antecedentes nobres vinculados a Florença, para um período de internação. Anna Fortezza era uma mulher de meia-idade cujo marido, dono de propriedades rurais e algumas décadas mais velho que ela, havia morrido de velhice alguns anos após encarar a peste. Depois da morte do cônjuge, os herdeiros passaram e encabeçar uma disputa por terras e privilégios que a deixara profundamente aborrecida e estimulara sua decisão de se ausentar em busca de descanso e paz espiritual.

O convento de Santa Maria Annunziata foi a escolha da viúva, justificada pela boa reputação de Le Murate e também por se encontrar em Florença, onde Anna possuía relações de parentesco. Mas, na verdade, essa opção fora dirigida pela decisão de se manter o mais distante possível de Trento até que seus filhos se entendessem, sem que ela tivesse de interferir na contenda. A viúva gozava de boa saúde, mas o cansaço da viagem, após o desgaste ocasionado pela querela familiar, desencadeou uma dor de cabeça pulsante que causava náuseas, alterações visuais e um mal-estar geral.

Mirta foi chamada e, após examinar a doente e preparar um chá de folhas secas de tanaceto para o alívio dos sintomas, acomodou-se para conversar com Anna sobre temas leves. Ela empregava essa técnica para poder observar as pacientes e avaliar a resposta ao medicamento. A boticária aconselhou que Anna permanecesse deitada, com a cabeça elevada e os olhos cobertos para evitar estímulos visuais. Mirta passou a relatar a ela, em voz baixa e pausada, a rotina do convento e as belezas de seu jardim botânico, descrevendo as flores, a colheita de ervas, falando dos campos cultivados de Le Murate e outras amenidades.

A paciente quase adormeceu. Após meia hora, relaxada e sentindo-se melhor, passou a falar de sua vida e dos filhos. Contou a Mirta que escapara da viuvez, três anos antes, na época em que seu marido contraiu a peste. Na ocasião, quando não restavam mais esperanças, lembrou a viúva, havia chegado até ela a história das curas realizadas por um médico suíço, no Tirol, que se encontrava de passagem por Bolzano. Sem titubear, relatou, ela decidira enviar seus filhos à cidade com a incumbência de convencer o terapeuta a ir ver o doente. A empreitada obteve sucesso. O homem permaneceu com eles por dois meses, deixando a casa da família Fortezza quando a recuperação já se mostrava evidente.

Mirta, sem se conter, interrompeu o relato para perguntar o nome do médico. Anna respondeu: Paracelso. A boticária não podia crer na oportunidade de aprendizado que a viúva fizera chegar até ela por ter escolhido Le Murate. Respeitando o repouso da enferma, perguntou se poderiam voltar a conversar sobre a terapêutica empregada por Paracelso quando a paciente estivesse melhor.

Anna, uma entusiasta dos métodos adotados pelo estudioso, pôs-se inteiramente à disposição de Mirta, que a deixou repousando e retornou a seus aposentos com o coração aos saltos. Que sorte, pensava a boticária, ela finalmente teria a oportunidade de conhecer os métodos de Paracelso através de um relato confiável!

Após alguns dias, as duas se encontraram para a conversa tão esperada por Mirta. Anna iniciou o relato esclarecendo que o pedido de ajuda a Paracelso havia se apresentado como o último esforço para a recuperação do marido. Os médicos de Trento centravam suas recomendações na prevenção do contágio dos familiares, deixando em segundo plano a cura da doença. Anna conhecia diversos casos em que restara à família apenas esperar pela morte do doente e rezar para não ser contaminada. Quando algum paciente escapava, era mais por milagre que por cuidado médico. Assim, quando Piero Fortezza manifestou a doença, Anna adotou as recomendações terapêuticas vigentes, mas também buscou alternativas.

O quarto onde estava seu marido passava por fumigações diárias com flores de camomila, assim como os demais aposentos da casa, e era lavado também diariamente com vinagre e água de rosas. Os médicos da peste, três renomados profissionais de Trento que trabalhavam em conjunto, recomendavam a todos que, como prevenção, adotassem uma dieta sem gorduras e azeites, evitassem o banho e dormissem cedo. Os ambientes precisariam ser mantidos perfumados, e as pessoas próximas aos doentes deveriam tomar colheradas de um macerado de casca de babosa, por seu efeito laxante.

Anna disse que, assim que o primeiro sintoma apareceu no marido, adotou todas as recomendações com disciplina. Porém, simultaneamente chegaram até ela informações sobre a presença de Paracelso nas redondezas. Desta forma, ela decidiu não deixar escapar a chance e enviou os filhos para Bolzano, onde se encontrava o médico.

Sua decisão enfureceu Marco Bello, o terapeuta que coordenava os cuidados a Piero. Ele esbravejou, ofendido, dizendo não ser aceitável que ela desse ouvidos a um charlatão encrenqueiro, conhecido por ofender a classe médica por onde passava e por atacar seus ilustres estudiosos, incluindo Galeno e Avicena. Enraivecido, Marco Bello saiu em busca do apoio dos filhos de Anna, os quais se preparavam para partir em busca de Paracelso, bradando:

– Os filhos de Piero irão concordar comigo e impedi-la de seguir com esses planos absurdos! Uma ideia insensata como essa só poderia sair da cabeça de uma mulher...

A indignação verborrágica de Marco Bello deixou os jovens inseguros, contou a viúva, mas eles conheciam a fortaleza da mãe, que, quando decidia algo, costumava insistir à exaustão. Além disso, as mortes frequentes, vitimando pessoas das mais diferentes estirpes em toda a região, eram um indicativo de que o pai nada tinha a perder. Mas, por cautela e com o intuito de proteger o genitor enfermo, seus filhos perguntaram ao médico qual era o prognóstico.

Marco Bello, usando de retórica e religião, expôs:

– A arte médica não é exata. Todo o conhecimento disponível está sendo empregado na cura de Piero, mas apenas Deus tem a resposta para essa pergunta. É importante que o paciente examine a própria consciência, arrependa-se dos pecados e rogue a Deus pela cura.

E seguiu dizendo que se Deus havia enviado o "mal que corre", trataria de eliminá-lo quando fosse a hora certa. No mais, era preciso seguir atendendo às recomendações médicas e rezar para que tudo acabasse bem.

Diante da resposta evasiva, os dois jovens entenderam que o médico nada mais tinha a oferecer e apoiaram a decisão tomada pela mãe. Marco Bello teria que engolir o orgulho. Assim, partiram imediatamente em direção a Bolzano, decididos a levar Paracelso até Trento.

No dia seguinte, Paracelso chegou à propriedade dos Fortezza, já no final da tarde. Piero se encontrava muito pior, com o corpo coberto de bolhas e completamente ausente, prostrado. O cenário era desolador.

Anna relatou ter sentido um forte arrependimento assim que viu o terapeuta. Ele se vestia de forma muito distante do padrão estabelecido pelo código social vigente. Ao invés das roupas bordadas, feitas com tecidos requintados e ornadas por rendas e pedras, o médico usava uma túnica comum, nada bonita, muito semelhante às roupas dos empregados dos Fortezza – o que dava a ele um aspecto desleixado. Quando Paracelso – baixinho, franzino e falando com voz aguda – entrou no quarto de Piero sem a indumentária necessária para a proteção contra o mal, ela ficou desesperada, lamentando ter acreditado nos boatos a respeito do alquimista.

Mirta ouvia atenta, repassando mentalmente os detalhes do traje ao qual Anna se referia. Os médicos adotavam uma capa de couro encerada com um cerume perfumado, chapéu, calças costuradas às botas, camisas e luvas de couro de cabra, óculos. No rosto, fixavam uma máscara que mais parecia o bico de um pássaro gigante, em cuja ponta era acomodada a teriaga, uma mistura de ervas, especiarias, mel e até carne de víbora em pó. A função da teriaga seria filtrar o ar envenenado, impedindo a inalação do miasma pestilencial exalado pelos doentes e protegendo os terapeutas. Na verdade, pensava Mirta, a frequente contaminação de médicos indicava que a parafernália não funcionava – servia apenas para assustar o doente.

Anna seguiu com o relato dizendo que Paracelso ignorou o traje e foi ter com o doente. Após algum tempo dentro do quarto, pediu que levassem até ele um pedaço de pão. Assim que o recebeu, o médico sacou de uma agulha e retirou um pouco de secreção de uma das vesículas com sangue e pus que se espalhavam pelo corpo de Piero, colocou o material no miolo do pão e disse ao enfermo para engolir.

Piero cedeu à instrução de Paracelso, mas Anna contou ter ficado desesperada, pensando que havia cometido um erro enorme. A viúva disse a Mirta que o médico notou sua preocupação e expôs a ela que aquilo que provocava a doença também podia curá-la. Em seguida, saiu, recomendando que o quarto fosse ventilado, e pediu uma jarra com vinho.

Mirta estava perplexa! Por intermédio de Anna, ela conseguira confirmar as histórias sobre a terapia empregada pelo médico polêmico e também traços de sua personalidade. Ansiosa por saber mais detalhes, a boticária perguntou a Anna como a melhora ocorreu, quantas vezes o procedimento com miolo de pão foi empregado e se algo mais havia sido feito.

Anna prosseguiu com a história, detalhando o tratamento. Paracelso retornou ao quarto ainda naquele dia e repetiu o procedimento. No início, Anna não notou nenhuma melhora em Piero, mas sua condição também não se agravou. Os comprimidos de miolo de pão foram mantidos de forma mais frequente a princípio. À medida que Piero manifestava melhora em seu quadro de prostração, os intervalos foram sendo espaçados.

Por recomendação do médico, as feridas de Piero também passaram a ser lavadas e as roupas, pessoais e de cama, trocadas com frequência. Anna notou que as vesículas começaram a criar crostas. O alquimista havia explicado que cada organismo reage de uma forma e em seu próprio tempo. Era preciso considerar essas diferenças, observando os sinais que se manifestavam, para empregar a dose adequada a cada caso.

Essa informação deixou Mirta muito interessada, mas Anna não foi capaz de esclarecer como o médico decidia a frequência das doses. Ela apenas se lembrava de ter ouvido dele que havia necessidades distintas para jovens e velhos, e que o ambiente e o clima interferiam na manifestação das moléstias. Paracelso dizia ainda que a doença não ocorria apenas no corpo, mas também na alma e, portanto, ambos precisavam ser tratados. Ele enfatizava, relatou Anna, a importância de se manter o doente e as pessoas à sua volta em uma atmosfera de otimismo e equilíbrio.

Após alguns dias de tratamento, Piero apresentou melhora evidente, conseguindo se sustentar sentado na cama enquanto um caldo de legumes aromatizado com ervas lhe era oferecido. Ele conseguiu tomar umas poucas colheradas da sopa aguada, o que encheu Anna de esperanças. A partir desse dia, explicou a viúva, a melhora começou a se sedimentar e a fama de Paracelso em Trento a se espalhar.

A estada do médico deveria durar tempo bastante para que Piero se restabelecesse – uns vinte dias, eles haviam calculado –, mas acabou estendida em razão do fluxo de doentes que passou a buscá-lo na casa dos Fortezza. Esse fato aumentou a ira de Marco Bello e de seus pares. Anna disse que Piero ainda convalescia e não havia sequer deixado seus aposentos quando o primeiro paciente bateu à porta, procurando pelo terapeuta controverso. O homem havia sofrido um acidente com uma foice, e o corte profundo na coxa se encontrava muito inchado e purulento. O acidentado resistia à ideia de cauterização com óleo fervente e recorreu ao médico visitante na expectativa de encontrar outro caminho que não conduzisse à amputação.

Depois de examinar a ferida, Paracelso a lavou e limpou, drenando o pus, o que fez o homem se contorcer de dor. Sobre o ferimento, aplicou um pó que disse ser sal de prata e instruiu o paciente a manter o local limpo. Conforme o relato de Anna, o acidentado ainda retornou algumas vezes para repetir o curativo até se recuperar completamente, o que aumentou a fama do visitante. Esse caso fez com que seu marido comprasse de Paracelso um vidro de sal de prata, que eles passaram a usar sempre que alguém se feria de forma grave.

Mirta já estava pronta para seguir perguntando quando Anna se deu conta de que as horas haviam passado e que as últimas orações do dia iam começar. Ela se despediu de Mirta, prometendo retornar para novos relatos assim que os horários livres das duas coincidissem.

Todo o exposto pela viúva de Trento deixou Mirta imersa em pensamentos. Ela confiava nas propriedades curativas das plantas, mas também reconhecia que, muitas vezes, elas não eram suficientes. Ademais, a passagem do tempo já conseguira demonstrar, por meio de diferentes novidades, que a arte da cura tinha ainda muito espaço para novas descobertas. Frequentemente chegavam informações sobre recentes possibilidades que se encontravam em estudo por médicos de diversos países e, se a alquimia pudesse diminuir a dor de enfermos e estender a vida de condenados, deveria ser abraçada. Ademais, ela reconhecia que, no caso específico da peste, o tratamento sempre fora paliativo e muitas vezes desumano, já que os médicos, aterrorizados, além do traje assustador também usavam uma vara para examinar o doente à distância, com medo de tocá-lo. Não bastando, muitos colocavam os enfermos dentro de sacos encerados, na tentativa de impedir que os miasmas exalados se espalhassem pelo ar e contaminassem quem os aspirava.

Paracelso havia demonstrado, em Stertzing e também na casa dos Fortezza, a eficiência de seu método. Mesmo sem alcançar como a saúde estava sendo restabelecida, os resultados conquistaram o respeito de Mirta pelo médico alquimista, e ela passou a ler seus panfletos e teorias com afinco.

Anna Fortezza permaneceu em Le Murate por cerca de um ano. Durante esse período, Mirta recorreu a ela várias vezes para contar das novas publicações de Paracelso sempre que conseguia ter acesso ao material. A boticária demonstrava curiosidade em saber se, durante o período em que os dois conviveram, Anna havia presenciado algo semelhante ao conteúdo dos escritos do médico.

Mirta encontrava certa dificuldade em obter as publicações. Além disso, a reclusão apresentava ainda mais empecilhos para discutir com outros terapeutas as questões que a interessavam. Os boticários que optaram pela vida religiosa – e com os quais ela insistia em trocar cartas – invariavelmente diziam que os herbários ofereciam informações bastantes, Deus estava no controle da natureza e Paracelso não deveria ser levado tão a sério.

Os obstáculos enfrentados pela boticária elevaram a viúva ao posto de sorvedouro do entusiasmo de Mirta, ao lado de Ambra. No entanto, o pouco tempo de convivência de Anna com o médico e sua falta de conhecimento específico não permitiam que ela enriquecesse as conversas travadas com a nova admiradora de Paracelso, embora fosse ouvinte paciente.

Ainda assim, duas informações compartilhadas por Anna Fortezza, de forma despretensiosa, foram úteis à boticária pesquisadora. Uma delas estava relacionada à origem das doenças, que, segundo Anna, o médico afirmava se encontrar em agentes externos, nascendo de um desequilíbrio da natureza – e não de demônios e condenações divinas. Mirta se sentiu acolhida por essa informação. Havia muito ela combatia o uso de relíquias e imagens sacras no controle dos males oriundos do pecado, imputação ainda corrente.

Outro dado interessante foi a recomendação do uso terapêutico de águas termais. Durante a temporada de Paracelso em Trento, a viúva Fortezza apresentou problemas gástricos. Já havia algum tempo que o problema a incomodava, mas o aborrecimento vinha se agravando. O tratamento indicado por ele, que incluía banhos em águas termais, surpreendeu a viúva, acostumada a crer que os banhos consumiam energia e saúde se tomados com frequência.

Conforme o médico suíço relatara, depois de haver percorrido diversas termas estudando os efeitos terapêuticos dos banhos quentes, ele estava convencido de suas propriedades curativas. Especialmente as águas ferruginosas de St. Moritz, que, segundo ele, curavam a gota e recuperavam a saúde do estômago. Explicando que os banhos seriam importantes colaboradores no trabalho de regeneração do corpo e da alma, Paracelso recomendou a Anna que se banhasse nas águas da cidade suíça – e que também bebesse delas. Ela contou que, assim que seu marido teve condições de viajar, os dois se dirigiram a St. Moritz para uma temporada nas termas. O efeito benéfico do tratamento foi sentido por ambos, acalmando o estômago e os nervos e renovando a disposição para a vida.

Mirta dividia todas essas informações com Ambra, que também se interessava pelos estudos, mas não tanto quanto a boticária. A paixão de Ambra sempre fora a arte, e ela se realizava na concepção e produção das encomendas, que não paravam de chegar e ocupavam a maior parte de seu dia. Além disso, a moça vivia sua batalha pessoal, pois o exercício transformara e aprimorara seus traços na pintura, fazendo dela uma artista brilhante – sem ter, contudo, a chance de ser reconhecida por seu trabalho. A abadessa seguia irredutível em relação ao anonimato das obras, que continuavam a receber a marca de Le Murate, como se fosse uma criação coletiva.

Mirta se sentia frustrada e um tanto desanimada nessa caminhada solitária, por não ter com quem debater ou festejar as descobertas médicas. Ao contrário do movimento feito em sua juventude em direção ao ensimesmamento, a boticária percebia a construção do conhecimento científico sustentada pelo debate e pela generosidade que permite o questionamento de seus próprios postulados. Diante da impossibilidade de consolidar suas impressões sobre os estudos de Paracelso e sem interlocução que lhe permitisse refletir e avançar, ela entrou em um processo de estagnação patrocinado pela dúvida e pela insegurança.

A partida de Anna, no final de 1537, e as dificuldades para conseguir as mais recentes publicações de Paracelso – já que a abadessa Dimitila, partidária do sossego e refratária a agitações intelectuais, não via com bons olhos toda essa excitação – compeliram o espírito investigativo de Mirta a forçada calmaria. Essa fleuma imposta conduziu a boticária a uma reflexão sobre sua própria caminhada dentro dos domínios da arte médica. Assim, ela alcançou a consciência de que não seria possível abarcar todo o conhecimento médico em seu herbário, pois o aprendizado era um processo dinâmico e cumulativo infindável.

Ao aceitar essa limitação, Mirta conseguiu escolher um caminho de continuidade para seu trabalho: os textos de Paracelso não deveriam interferir na composição de seu guia médico. A boticária aceitou os dois trabalhos – o do alquimista suíço e o dela própria – como complementares, sendo o seu revelador de uma *expertise* adquirida ao longo de um percurso único que incluía uma peculiar e especial percepção sobre o uso das plantas medicinais.

Empiricamente, ela aprendera a ler os sinais que indicavam qual era o recurso natural mais adequado para determinado sintoma, quando manifestado em mulheres com diferentes características. A prática demonstrara a Mirta que o mesmo remédio funcionava de forma distinta em pessoas também distintas. Uma inflamação nos olhos poderia ser tratada tanto com água de rosa branca quanto com chá de calêndula. O alcaçuz ou a sálvia eram capazes de socorrer afecções na boca, dependendo das particularidades da enferma. Comichões na pele com ressecamento poderiam receber oleamento com rosa--mosqueta ou emplastros de aveia. Essa especificidade, orientada pelo temperamento e pela compleição física de cada paciente, era uma regra para quase todos os casos. Ela reconheceu ser essa a sua erudição, o saber dominado por ela e que deveria ser valorizado e compartilhado.

Perceber isso foi uma emancipação para Mirta, que naquele momento, após mais de um ano de esforço, estudo e dedicação, começara a julgar seu trabalho desimportante, medíocre e inútil. A percepção da própria sabedoria devolveu a ela a dignidade e o ânimo para seguir, retornando aos trilhos que desenhavam seu percurso pessoal.

IX

1540 a 1543

A abadessa Dimitila se encontrava absorta por suas obrigações diárias, organizando as finanças e matutando sobre o próximo serviço dominical na igreja de Santa Maria Annunziata. Frei Cosimo sofrera uma queda e, com o pé inchado e marcado por hematomas, não poderia honrar o compromisso assumido. Urgia encontrar um substituto para o domingo. Ao ser notificada do acidente, a religiosa pedira ajuda ao diácono mensageiro para resolver a situação, e ele assegurara a ela que se empenharia nisso. Acrescentou que, caso não encontrasse um religioso com disponibilidade, ele mesmo se encarregaria da celebração, resguardadas as limitações impostas pelas regras eclesiásticas. A situação parecia contornada, mas ela ainda estava insegura por temer que os planos não dessem certo. Em meio a divagações, números e outras preocupações, ela foi informada de que uma senhora pedia para ser recebida.

Antonella Malatesta, uma mulher na beleza segura de seus trinta e cinco anos, adentrou o escritório. Estava acompanhada da filha, Laura, uma bela jovem de olhos claros, cabelos avermelhados, esguia e apresentando todo o viço dos dezesseis anos recém-completados.

Os Malatesta eram uma família burguesa a quem a sorte sorrira quando a lã que produziam caiu nas graças dos nobres florentinos. O sucesso repentino permitira a eles ampliar o lanifício e a área de atuação, incluindo entre seus investimentos a confecção de calçados elegantes, repletos de bordados e pedrarias. Essa última ocupação era muito especializada e de alto custo, sendo acessível apenas às famílias mais abastadas de Florença, Veneza e Siena, entre outras cidades que abrigassem uma elite abonada e vaidosa. Seus *chopines*, sapatos com enormes plataformas decoradas que alcançavam em alguns casos – e dependendo da vaidade do cliente – cinquenta assombrosos centímetros, eram disputados por homens e mulheres. A lista de espera pela entrega dessas obras de arte para os pés era longa, atestando a tranquilidade financeira dos Malatesta.

Toda essa opulência influenciara a autoavaliação de Antonella, que usava de um tom altivo ao falar, mesmo quando a necessitada era ela. A mãe de Laura apresentou a filha à abadessa, mas pediu à jovem que se retirasse e aguardasse do lado de fora da sala. Conduzindo a conversa, Antonella falou da filha única, nascida de uma gravidez tardia quando seus pais já haviam perdido as esperanças de deixar herdeiros para além de sobrinhos. Reforçou que era muito bem-educada, fluente em latim e francês e tinha conhecimentos de história e filosofia. Todo o investimento na educação da filha tivera o fim de prepará-la para um casamento profícuo, que, com a ajuda da sorte e da troca de favores, poderia ainda significar um laço com a nobreza. Porém, no último ano, todos os planos de abastança e ascensão social se encontravam sob o risco de ruir, pois Laura apresentara um comportamento inaceitável para uma moça, chegando a manifestar suas opiniões sobre a educação feminina em público, durante as recepções organizadas para apresentá-la à sociedade. Em seus inconvenientes discursos, a jovem insistia nos temas da equivalência intelectual entre homens e mulheres, afirmando que a aptidão feminina para o estudo e as artes estava em pé de igualdade com a masculina.

Antonella já havia esgotado todos os recursos na tentativa de encarcerar a tagarelice da filha. No entanto, em vez de Laura se submeter às orientações maternas, começara a escrever sobre suas convicções, e Antonella temia que tais escritos disparatados caíssem no conhecimento público. Diante da impossibilidade de conter a menina, ela e o marido haviam chegado ao consenso de que uma temporada em Le Murate poderia desviar a atenção de Laura dessas ideias estapafúrdias. Além disso, um período de *serbanza* em local tão prestigioso faria um enorme bem à imagem da adolescente. A sra. Malatesta concluiu dizendo à abadessa que contava com a disciplina do convento para corrigir os equívocos da filha, que era boa menina, mas se encontrava desorientada.

Dimitila ouviu atentamente o relato e, satisfeita, disse que entendia a gravidade do comportamento da moça. Informou que não seria a primeira cuja observância à Regra de São Bento iria reconduzir ao bom senso. Outros casos semelhantes aos de Laura haviam chegado até ela, com resultados muito satisfatórios. A educação religiosa, o trabalho e o estudo, além da orientação sobre as responsabilidades femininas no lar, compunham o tratamento que devolvia as moças desorientadas ao bom caminho da docilidade e obediência aos preceitos religiosos e sociais –

estes, muito claros ao estabelecer que elas deviam ser submissas aos pais e maridos. A abadessa acrescentou ainda que a Bíblia não condenava o aprendizado feminino, mas sim a exposição de suas ideias. As mulheres cultas deveriam manter o silêncio e a sujeição à autoridade masculina, permanecendo modestas, sem exibições de um conhecimento que poderia pôr em dúvida a natural superioridade do homem.

O discurso da abadessa deixou Antonella muito aliviada. Sua filha iria receber as orientações adequadas, e o patrimônio da família estaria assegurado pelos laços do casamento. Algumas tratativas já haviam sido feitas nesse sentido, mas os pais de Laura vinham adiando as apresentações, preocupados com o comportamento da filha, que poderia botar tudo a perder. Agora, com a *serbanza*, haviam encontrado a solução que a elevaria, de uma só vez, à condição de moça instruída em instituição religiosa de ensino de respeito e frequentada pela nobreza, enquanto eliminaria do repertório da jovem a fala tresloucada.

Os trâmites burocráticos se encerraram e Antonella Malatesta deixou o convento bastante feliz. Os futuros de sua filha e da família estavam assegurados. Que boa decisão havia sido essa!

Dimitila chamou Laura e orientou a jovem Malatesta sobre a rotina que a esperava, pedindo que irmã Letízia, sua assistente, conduzisse a nova educanda a seus aposentos. Assim que as duas deixaram a sala, ela refletiu sobre o comportamento disparatado da jovem sem conseguir atingir a lógica que sustentava tal conduta. Como seria possível que uma jovem educada, oriunda de família honesta e temente a Deus, cresse que homens e mulheres podiam ter direitos e inteligência iguais? Era muito evidente que a mulher não dispunha da mesma capacitação intelectual e que deveria deixar as decisões, de quaisquer esferas, a critério da superioridade masculina. Imagine o caos que a intromissão feminina em decisões políticas, legislativas, financeiras, culturais, educacionais, administrativas, religiosas ou quaisquer outras causaria à sociedade! Ela precisaria orientar Laura em direção ao bom caminho, retirando de suas convicções juízo tão equivocado. Assim, tudo ficaria bem.

Tranquilizada pelas próprias divagações, a abadessa retomou a contabilidade. Percebeu, contente, que o trabalho das monjas educadoras dedicadas à *serbanza*, acrescido do lucro gerado pelas escribas do *scriptorium* e somado à renda obtida com os produtos elaborados por Mirta na botica, deixava as contas do convento em situação muito segura. Sem falar na venda de pães, geleias, biscoitos e licores, no comércio de bordados, toalhas de linho e fios de ouro para a indústria de tecidos e no lucro alcançado com a telas de Ambra.

Laura começou seu período educativo sem contestar. Na verdade, a jovem sentia certo alívio por estar afastada dos sermões diários e de tema único proferidos por Antonella, com os quais ela não concordava. Laura se perguntava como a mãe podia defender ideias que a desmereciam como criatura pensante, posicionando a mulher sempre abaixo da vontade e da compreensão masculina dos fatos. A jovem Malatesta jamais concordaria com essa asneira imposta, pois reconhecia em si mesma as condições demandadas pelo debate. Tinha opiniões claras sobre muitas coisas e não via nenhum motivo para omiti-las.

O despertar para a defesa dos direitos femininos foi estimulado pela postura de seu preceptor. Incumbido de lhe ensinar filosofia, ele tentara convencê-la, amparado por Platão e Aristóteles, de que a mulher era um erro da natureza, um ser humano incompleto que deveria se submeter à superioridade do homem – este, sim, um ente perfeito. Exasperada, Laura respondeu ao homem:

– O senhor mesmo já muito elogiou minha inteligência. Tantas vezes me comparou a outros alunos, inclusive homens, e me colocou à frente deles!

– A senhorita não entendeu meus comentários. O fato de eu ter feito elogios à jovem não significa ruptura com as limitações inerentes à condição da mulher, que a situam sempre abaixo dos homens por decisão divina e arranjo da natureza!

Seguido pelo olhar espantado de Laura, ele continuou:

– A própria Igreja, ao longo dos séculos, ratificou essa verdade. Até mesmo Tomás de Aquino e Tertuliano classificaram as mulheres como defeituosas, malnascidas, incapazes de raciocinar com clareza. – Ele acrescentou: – O "Malleus Maleficarum", o manual de caça às bruxas, reafirma que a mulher nasceu de uma costela imperfeita de Adão, o que comprova seu defeito de origem!

– Senhor preceptor, o homem despontou perfeito ou nasceu com uma costela imprestável? Seria muito bom o nobre professor pôr as ideias em ordem, pois, se Deus é a perfeição e tudo o que emana Dele é perfeito e sagrado, como explicar que Ele tenha feito o homem à sua imagem e semelhança, mas com uma costela ruim? – perguntou Laura, impertinente.

E seguiu, prolixa:

– Se Deus, por uma distração, fez Adão imperfeito, por que Ele escolheria justamente essa costela de má qualidade para seguir com sua obra?

O professor, impaciente, disse a ela que Deus não cometia erros e que era um sacrilégio questionar os propósitos divinos, inalcançáveis para o homem. Despeitado, ele adicionou, numa clara insinuação de que o discurso de Laura estava sendo manipulado pelo demônio:

– O "Malleus Maleficarum" deixa evidente a natureza torpe do caráter da mulher, capaz de enredar o homem com suas artimanhas e argumentos oriundos de suas conexões com as trevas!

Laura, insolente, sorriu e perguntou:

– Quem é mais poderoso, Deus ou o diabo?

Seu mentor, pensando que a mulher era mesmo um ser limitado, respondeu que o diabo podia ser poderoso, mas inferior. Classificou Deus como a entidade suprema e inigualável, e que, se ela fosse mais astuta, como um homem, bastaria que olhasse para o mundo criado por Ele e para a importância da Igreja, Sua procuradora na terra, para entender essa verdade. Apenas por azedume, adicionou:

– A Igreja é dirigida por homens, feitos à semelhança do Criador, e jamais terá mulheres em seus postos de destaque e direção exatamente por conta dessa evidente inferioridade, determinada por Deus.

A adolescente, feliz com o resultado de sua provocação, pediu ao professor:

– Mas, então, por favor, aclare o porquê de Deus, o Ser Supremo, escolher representante tão incompetente, que se deixa enredar por um ser originado a partir de uma só costela, que nem perfeita era. – Ousada, a jovem seguiu: – Para atingir seus fins, o demônio, que é inferior a Deus, conta apenas com essa criatura limitada e parva. Por outro lado, Deus tem à disposição um ser brilhante, feito à sua imagem, mas que se mostra completamente inepto diante dos estratagemas produzidos por uma costela defeituosa, manipulada por uma versão feminina de Deus. Evidentemente, Deus cometeu um erro de avaliação que põe toda Sua criação em risco, e isso é lamentável!

O preceptor recolheu seus pertences e deixou a sala enfurecido em busca dos pais da menina, enquanto Laura não fazia esforço para segurar o riso.

Antonella e Luca se encontravam na sala, repassando a lista de convidados para o jantar que apresentaria Laura à sociedade florentina, quando o professor entrou visivelmente perturbado. A sra. Malatesta, que conhecia bem o espírito contestador da filha, adivinhou que alguma discussão ocorrera e tratou de deixar o professor à vontade, oferecendo a ele um copo de vinho. Dante Barone era um profissional disputado pela elite de Florença, e ela temia que o gosto pelo debate cultivado pela filha o tivesse ofendido de forma irremediável.

Dante, sem rodeios, disse que Laura demonstrava pendor para a crítica e fazia observações inaceitáveis para uma moça bem-nascida:

– A menina, de maneira atrevida e arrogante, ousou contestar minha cultura e meu preparo para o mister que desenvolvo. Questionou, sem fundamentos e apenas baseada em suas convicções ignaras, a sabedoria de mestres filósofos, religiosos santos, a Bíblia e a Igreja. – Encerrando sua fala, o homem profetizou: – Caso seu desvio não seja corrigido, a moça não terá futuro como consorte de qualquer jovem de posses e boa educação.

Luca se mostrou muito preocupado. As observações de Laura, sempre abruptas e cáusticas, costumavam diverti-lo, e ele não poderia imaginar que um dia se transformassem em empecilhos aos planos da família. O empresário disse que os dois iriam conversar com a filha e orientá-la sobre a conduta reprovável, mas pediu ao preceptor que continuasse a educar Laura, pois apenas a educação poderia dar a ela sabedoria para compreender os próprios erros.

Assim que Dante Barone deixou a sala, dizendo que daria nova chance à jovem, Luca pediu que Antonella falasse com Laura para assegurar que a filha tratasse o professor com deferência. Laura teria que aprender a respeitar seu mentor.

Enquanto caminhava até a filha, Antonella antecipou o debate que viria. Laura não costumava amenizar suas afirmações, e a mãe era frequentemente vencida pelas argumentações da adolescente. Assim, teria que apelar a sua autoridade materna para encerrar a discussão. Quando a mãe chegou, a jovem ainda ria do resultado da contenda com o professor e confiava que a desavença tivesse sido bastante para que ele desistisse de ensiná-la, pois não via qualquer possibilidade de convivência afável com um mentor que a considerava inferior e com ligações com o demônio.

Antonella, em tom grave, disse que Laura deveria se desculpar com o professor e rezar para que ele não desistisse de seguir com o projeto educacional. Havia sido muito difícil convencê-lo a incluir mais uma aluna em sua agenda tão ocupada, e Luca tinha dado a ele uma gorda bonificação para assegurar a educação da filha. Laura, contrariada, respondeu que seria melhor deixar o preceptor desistir e que, quando ela relatasse o ocorrido, Antonella lhe daria razão. Preocupada, a sra. Malatesta ouviu a filha com atenção, temendo que Dante Barone tivesse adotado postura imprópria a um educador.

– A discussão se deu porque o senhor mentor ofendeu todas as mulheres, sem ressalvas, incluindo até mesmo a senhora minha mãe – contou Laura.

A mãe, alarmada, pediu que a filha expusesse o ocorrido com detalhes. Caso tivesse sido algo grave, ela a apoiaria na dispensa do professor.

Laura passou a relatar o diálogo travado com seu mentor enquanto Antonella ouvia, impassível. Quando a jovem terminou, buscando com os olhos a aprovação materna, recebeu apenas um olhar que externava desaprovação e decepção. Sua mãe, atormentada, deu início a uma reprimenda. Alegou que Laura havia se comportado muito mal e advertiu que ela teria que pedir desculpas a Dante, o qual, em seu papel de educador, apenas dissera verdades à filha.

– A senhora acredita ser inferior a meu pai? – perguntou Laura, incrédula.

A que Antonella respondeu:

– Se a Bíblia destina à mulher papel coadjuvante, é porque os homens são mais capazes e inteligentes, forjados para tomar decisões acertadas. A mulher não pode se comportar como se tivesse os mesmos direitos e o mesmo desenvolvimento intelectual. – E seguiu, acrescentando que, à mulher, cabe resguardar os valores do decoro, da castidade e da subordinação ao pai e ao marido, omitindo opiniões e prezando o silêncio que garante a harmonia doméstica.

Em defesa da capacidade feminina, Laura relembrou à mãe:

– Mas foi a senhora quem ensinou a meu pai tudo o que ele sabe sobre o lanifício!

A adolescente se referia à herança recebida do avô paterno, com quem Antonella dividira a administração dos negócios no passado, enquanto solteira.

A jovem senhora, em flagrante autodepreciação, disse à filha que apenas introduzira o marido no mercado de lãs, mas que ele decidia tudo sozinho. Ela argumentou que mal sabia que rumos os negócios tomavam, esquecendo-se dos anos de trabalho e de todo o esforço para familiarizar o marido com a rotina de produção, os dias dedicados à contabilidade, às negociações com fornecedores, etc.

A adolescente, inconformada, esforçou-se para demonstrar a importância da mãe para os negócios da família. Antonella dedicara anos ao lanifício quando o negócio era ainda incipiente e o marido não dispunha de meios para pagar funcionários. Aos poucos, o empreendimento cresceu e se fortaleceu, fazendo a fortuna da família. O negócio foi herdado por ela e, ainda naquela ocasião, era a principal fonte de renda dos Malatesta. Luca trabalhava com afinco, mas a colaboração da esposa havia sido fundamental para o sucesso da empresa.

Percebendo que a mãe não reconheceria o próprio esforço, Laura falou do trabalho das mulheres no lanifício, cardando a lã, tingindo e dando acabamento aos finos tecidos produzidos. Pontuou a importância da dedicação feminina na decoração dos *chopines*, bordando e agregando laçarotes aos sapatos, trabalhos que faziam a riqueza dos Malatesta. Mas Antonella apenas disse considerar lamentável que algumas mulheres tivessem que trabalhar, porque elas deveriam estar em casa cuidando do lar e dos filhos, e adicionou:

– Nos dois casos citados por você, as mulheres apenas

obedecem a ordens dadas por homens. A senhorita terá que se retratar com o professor.

A mulher encerrou a conversa e retornou à sala para seguir com a organização do jantar, que aconteceria em uma semana.

O evento virou palco para a rebeldia de Laura, que defendeu suas ideias quando todos se encontravam à mesa. Os pais se apressaram a interrompê-la, mudando de assunto, mas a moça já havia causado desconforto aos presentes.

Outras duas tentativas de introduzir a jovem na vida social florentina foram feitas e, apesar dos conselhos, Laura não se calou, externando seu ponto de vista sobre variados assuntos. Reiteradamente discorreu sobre a capacidade da mulher para desenvolver qualquer atividade, tanto quanto os homens. Também não arrefeceu a peleja com o preceptor, que passou a selecionar os temas das aulas, evitando assuntos que pudessem estimular discórdias.

Antonella já havia desistido dos jantares e começara a cuidar do casamento de Laura com um nobre mais velho e sem grandes posses, mas que os vincularia à aristocracia, arranjo bom para ambas as famílias. Os Malatesta fugiram das apresentações, forjando desculpas para atrasar o encontro entre os nubentes para quando todos os arranjos estivessem feitos. Porém, para o desalento do casal, a jovem começou a produzir textos que espelhavam suas ideias impertinentes, o que levou os Malatesta a optar pela *serbanza* em Le Murate.

A abadessa Dimitila estava preocupada em fazer com que Laura recebesse as orientações que iriam reconduzi-la ao caminho da obediência e a fizessem abandonar a ideia de contestar a autoridade masculina. Assim, nos primeiros tempos, para evitar que a recém-chegada contaminasse as outras internas com sua ótica subversiva, a superiora a encaminhou para um trabalho na biblioteca.

Catarina de Medici, agora delfina de França, havia presenteado Santa Maria Annunziata com uma enorme quantidade de livros, dos clássicos aos mais recentes. A abadessa, inicialmente, foi tomada pelo medo. O Index Librorum Prohibitorum, uma grande lista de publicações consideradas hereges pela Santa Sé, que fora publicado por ocorrência do quinto Concílio de Latrão, em 1515, já havia passado por algumas atualizações. Dimitila temia que os livros doados fossem inadequados, mas, ao mesmo tempo, não poderia se livrar do presente, já que todos os exemplares haviam sido encadernados tendo na contracapa a letra "C" rodeada por flores-de-lis, identificação de Catarina e da corte francesa. Sem opção, a abadessa decidiu confiar no bom senso da delfina e optou por não examinar o presente, assumindo que o acervo era apropriado.

Sendo Laura fluente em três línguas e possuindo conhecimentos de filosofia, Dimitila entendeu que a jovem poderia ser útil na organização do acervo bibliográfico. Além disso, estando em companhia – e sob a vigilância – das monjas do *scriptorium*, ela ficaria segura e bem orientada.

Junto das copistas e ilustradoras, Mirta e Ambra eram duas figuras assíduas ao local. Ambra desenvolvia sua arte ali, aproveitando o sossego e a estrutura bem iluminada, enquanto Mirta, uma leitora voraz, costumava circular pelo aposento retirando livros, admirando o trabalho da artista e também lendo, em uma das escrivaninhas. A chegada das obras havia deixado a boticária muito entusiasmada. Catarina também mandara correspondência particular à boticária informando que os custos para a publicação de seu herbário seriam cobertos por ela, como um agradecimento pelos anos de cuidados.

Mirta estava exultante. A especial deferência de Catarina havia acelerado o trabalho de Ambra, que finalizava as ilustrações que serviriam de base para as xilogravuras. Presenciando toda essa alegria e excitação que tinham lugar no *scriptorium* onde passava grande parte do dia, Laura se deu conta de que estava diante de uma mulher que produzia obras de arte e de outra que escrevia tratados médicos, o que ratificava sua tese.

Para emaranhar ainda mais a situação, o trabalho de arrumação e catalogação dos exemplares deixara Laura livre para escolher o que ler. A abadessa costumava adquirir livros para a biblioteca, eventualmente, mas eles versavam quase que integralmente sobre filosofia, religião e medicina. O presente de Catarina de Medici abriu as portas de acesso aos mais variados temas abordados pelos escritores europeus, entre eles a obra da francesa Christine de Pizán, publicada um século antes.

O trabalho de Laura consistia em inventariar os livros, anotando título e autor quando eram mencionados, o que nem sempre acontecia. Ao ver o nome feminino entre os volumes catalogados, ela os separou discretamente. Laura começou a leitura da produção de Christine de Pizán por "Querelle de la Rose". A obra era uma compilação de cartas trocadas pela autora com outros dois escritores em que ela criticava o "Romance da Rosa", do padre Jean Meun, que classificava as mulheres como desleais, ardilosas, inferiores e vis. O livro hostil havia sido um sucesso literário, influenciando diversas outras publicações que o utilizaram como referência. Mas Christine de Pizán usou da sua condição de mulher como ponto de partida privilegiado para argumentar com propriedade contra as ideias expostas na obra de Meun e nas de todos os autores que nele se inspiraram.

Laura devorou o livro emocionada. Ela viu no discurso de Christine a materialização, ordenada e ilustrada, das suas ideias e sentimentos. A descoberta de que não se encontrava sozinha em suas convicções foi um acolhimento e um estímulo para a tenacidade da jovem, que, ao fim da leitura, teve aumentada sua determinação de lutar contra a estratégia difamatória que sustentava a exclusão feminina.

Tão logo terminou de ler "Querelle de la Rose", Laura iniciou a leitura de "A Cidade das Damas", da mesma autora. O livro era uma alegoria que fazia um compilado de mulheres ilustres que se destacaram nas mais diversas áreas, de diferentes épocas e até da mitologia e da Bíblia, sem se esquecer do valor de mulheres comuns de vida exemplar, todas elas vivendo em uma cidade utópica. A obra defendia a igualdade entre os sexos e exortava a aceitação da capacidade feminina para pensar, criar e construir de forma equivalente, em grandeza e beleza, aos atributos masculinos.

Ainda enlevada pela leitura, Laura se dirigiu ao *scriptorium* para cumprir a rotina diária de trabalho e encontrou Mirta e Ambra organizando o material que seria entregue à gráfica. Sem rodeios, ela as interpelou perguntando se conheciam a obra de Christine de Pizán. As duas se surpreenderam com a abordagem inesperada e, curiosas, responderam que não. A jovem disparou a falar. Relatou suas convicções, motivo de sua internação. Contou também da altercação com o preceptor, da insistência da mãe para que ela aceitasse a condição inferior, de sua resistência, de seus escritos e da leitura dos livros em que todas as suas opiniões encontraram amparo.

– Percebi que as senhoras também desenvolvem trabalhos permitidos apenas aos homens – disse às duas, completando: – Bem, na verdade, todas as tarefas relacionadas à administração e manutenção de Le Murate são executadas por mulheres, e isso é uma demonstração de independência e competência.

Ambra, que também sofrera tentando dar vazão a seu talento, desprezado e classificado como inadequado, prontamente se identificou com a jovem. Ela narrou o curso de sua própria história, em que a vida religiosa havia se tornado uma alternativa segura e tranquila. Nela, ainda que com limitações, Ambra encontrara permissão para pintar e aprender, sem interferência masculina. A amante das belas-artes se interessou pelos livros citados, que lhe foram entregues pela herdeira Malatesta, animada.

Mais madura e contida, Mirta sentiu ternura e uma grande empatia pela jovem, e a aconselhou:

– Suas ideias não apenas estão corretas como têm o amparo dos acontecimentos rotineiros, como você mesma pontuou, e também dos fatos históricos. A importância feminina para o desenvolvimento da humanidade pode ser comprovada ao longo dos séculos, apesar de toda a opressão sofrida por nós, mulheres.

A boticária, experiente, explicou a Laura ser necessário compreender as crenças de sua mãe, Antonella, pois ela era vítima de um conluio:

– A estrutura social foi urdida por e para os homens, e trabalha para assegurar que as mulheres se mantenham em situação subalterna. Essa engrenagem conta, ainda, com o apoio da Igreja, o que dá à trama um ar de orientação divina.

A conversa deixou Laura em estado de graça. Ela finalmente encontrara reverberação para suas opiniões. O diálogo marcou o início de uma amizade que traria frutos muito diversos dos ansiados pelos Malatesta.

Em fevereiro de 1542, a mãe de Laura chegou para uma visita. Antonella queria conferir se o trabalho da abadessa estava rendendo frutos, pois o casamento da jovem havia sido programado para vinte e seis de julho, dia de sant'Anna, protetora de Florença e santa de devoção de Antonella. Havia dez meses que Laura se encontrava em Le Murate, e sua mãe acreditava que já era tempo de as mudanças começarem a aparecer.

A legatária dos Malatesta a recebeu com muita alegria. Embora as duas discordassem em muitos aspectos, mãe e filha eram companheiras, ligadas por amor genuíno, e sentiam falta da presença uma da outra. Antonella disse a Laura que seu casamento com um homem íntegro, de família nobre e bons princípios havia sido marcado. A união, ponderou, seria muito importante para que a família subisse no estrato social florentino e garantiria à jovem um futuro seguro, tendo a seu lado um homem capaz de gerir os negócios da família.

Laura ouviu com atenção e, medindo as palavras, deu a ela uma surpreendente notícia:

– Minha mãe, lamento, mas irei frustrar os planos familiares. Nos últimos meses, o estudo e a reflexão me despertaram para possibilidades antes desconhecidas. Acredito que esse sentimento, na verdade, é a manifestação de minha vocação religiosa.

Antonella quase desfaleceu. Ela não podia crer que sua estratégia para corrigir a filha tivesse desembocado em surpresa tão indesejável. Era fundamental que Laura se casasse, garantindo a continuidade da família e uma velhice tranquila a seus pais, mas, caso a vocação fosse autêntica, também não poderia se opor ao chamado divino e teria de acatar a decisão da filha. Desorientada pela surpresa, a senhora disse a Laura que, por enquanto, ela não devia decidir nada. E se comprometeu a adiar os planos de casamento por um ano, dando à moça tempo para decidir.

A visita terminou e as duas se despediram envoltas em sentimentos opostos. Antonella retornou à casa dos Malatesta lamentando a má sorte e rogando proteção de sant'Anna para que o noivo não desistisse do compromisso. Enquanto isso, Laura sentia uma alegria profunda por ter se livrado de um casamento indesejado, capaz de pô-la em situação de subserviência a um homem seguramente defensor da ideia corrente de que a mulher era um ser de natureza perniciosa, cujos corpo e vontade deveriam ser controlados. Laura calculava que, permanecendo no convento, mesmo sem vocação, teria livre acesso à leitura, poderia exercer a atividade que mais lhe agradasse, seria autônoma e ninguém a impediria de escrever. E, caso seus escritos não tivessem a sorte dos de Mirta, ainda assim ela poderia registrá-los em papel, até que o destino trouxesse a ventura facilitadora de uma publicação.

Nos meses seguintes, a jovem intensificou a leitura. De Christine de Pizán teve acesso ao livro "O Tesouro da Cidade das Damas", que fazia uma veemente defesa da educação como instrumento de capacitação da mulher, em todas as camadas sociais, e de sua emancipação, de forma a permitir que ocupasse o próprio lugar no mundo.

Laura leu "O Cortesão", de Baldassare Castiglione, que recomendava a educação de homens e mulheres igualmente, permitindo à mulher a participação em todas as esferas da sociedade. Da humanista Isotta Nogarolla, Laura percorreu o "Diálogo sobre Adão e Eva", em que a autora discutia o mito do pecado original. A jovem leu ainda Cassandra Fedele e Laura Cereta, que, em seus textos, repudiavam as obras que destinavam à mulher uma condição de obediência e silêncio, e defendiam a capacidade intelectual feminina, bem como sua dignidade. Todos esses tesouros haviam sido enviados |por Catarina de Medici a Le Murate.

Acidentalmente, a delfina de França havia apadrinhado a formação de Laura Malatesta.

Em janeiro do ano seguinte, os pais de Laura faleceram, acometidos pela peste. A evolução da doença se deu de forma rápida e violenta, ceifando a vida dos dois no intervalo de uma semana, o que deixou a filha desolada. Antonella havia retornado ao convento outras duas vezes após o anúncio da vocação religiosa, ansiosa pela decisão da filha. Em ambas as ocasiões, a jovem havia argumentado que não tinha aptidão para o casamento. A bem da verdade, seu relato era bastante convincente, já que contava com a verdade intrínseca de que ela não poderia se submeter às exigências de um casamento padrão. Antonella, intimamente, já havia se conformado com a carreira religiosa da filha e, se insistia, era mais por conta do compromisso firmado com o noivo que por convicção.

Laura, prestes a completar dezenove anos, viu-se diante de uma responsabilidade incompatível com sua juventude, em um mundo regrado por paradigmas que atendiam a crenças de inferioridade, incompetência e subserviência feminina. Penalizadas, Mirta e Ambra ampararam a moça, com a colaboração da abadessa Dimitila. Porém, após uma semana de luto, a responsabilidade com os negócios da família dirigiu Laura para fora dos muros de Le Murate. Ao partir, ela tinha consciência de que não se casaria com o pretendente arranjado pelos pais, tanto quanto sabia que iria escrever e se empenhar no mecenato de mulheres.

Quando se despediu de Ambra, Laura encomendou uma pintura que a retratasse escrevendo – a primeira de muitas. A Mirta, Laura solicitou que reservasse um grande número de exemplares de seu herbário, em vias de ser publicado, que ela pretendia distribuir entre boticários e médicos de toda a Europa.

X

1543 a 1546

Com o herbário impresso em mãos, Mirta vivenciou uma mistura de sentimentos. Seu maior êxito era também o registro de sua maior dor, a prova definitiva e materializada do fracasso de uma grande história de amor. Ela rememorou a alegria e ingenuidade dos dezesseis anos, quando julgava poder resistir às pressões e viver com Lorenzo a vida que lhes pertencia. Ironicamente, a derrota dos planos juvenis fomentara o florescimento e o triunfo da cientista madura. Mirta estava feliz, orgulhosa de seu trabalho. O guia resultara completo e muito bem ilustrado, mas ela o via emoldurado por um enredo de privação e frustração.

A abadessa Dimitila ostentava um orgulho incompatível com os votos religiosos. A obra de Mirta tinha um grau de seriedade e confiabilidade que daria a Le Murate lugar de destaque entre as instituições fornecedoras de publicações científicas. O trabalho de Ambra já havia conquistado seu espaço no mercado de artes; a tela de são João Batista, que ela fizera para a igreja do convento, era uma obra-prima, motivo de admiração dos religiosos que conduziam o serviço dominical. Dimitila avaliou que estava dirigindo bem as atividades do convento. Se estivesse viva, irmã Speranza ficaria radiante com o destaque que Santa Maria Annunziata recebia, entre as muitas instituições religiosas de prestígio.

Mirta separou os exemplares solicitados por Laura e anotou a mensagem que iria acompanhar a encomenda. As duas não deixaram de se corresponder desde que a empresária partira de Le Murate, havia quase um ano. Os relatos de Laura indicavam que os negócios iam bem. Ela havia enfrentado dificuldades no início, tanto para entender as particularidades do empreendimento quanto para se fazer respeitar, mas lograra sucesso mantendo pulso firme, estudando os livros de contabilidade, visitando fornecedores e fiscalizando pessoalmente toda a cadeia produtiva. Seu projeto de mecenato ainda engatinhava, mais por dificuldade de encontrar mulheres valentes o bastante para enfrentar o preconceito e a maledicência do que por falta de talentos. Mas, ainda que lentamente, o projeto caminhava, e seu nome começava a ser lembrado nas rodas sociais. Ela também trabalhava na escrita e, embora não estivesse segura de que possuía material relevante para o mercado editorial, considerava publicá-lo de qualquer forma, para manter acesa a discussão sobre igualdade e direitos femininos.

Mirta encaminhou ainda exemplares para Catarina de Medici, com um profundo agradecimento. Muito embora ela já tivesse agradecido à delfina pessoalmente, e também por inscrição no manual médico recém-impresso, a boticária sentia que era preciso reforçar o reconhecimento e reiterar sua amizade e admiração por Catarina. Giovanni Martelli, tio de Mirta e abade aposentado, que desfrutava a calmaria da velhice, também recebeu um exemplar do guia, juntamente com uma carta afetuosa e, orgulhoso, encaminhou o livro para o boticário da Abadia Florentina. Por fim, Anna Fortezza, a viúva que testemunhara a eficiência da terapêutica de Paracelso, recebeu o seu, encomenda feita como estímulo para que Mirta finalizasse e publicasse o trabalho.

Mirta pensou que, se soubesse o paradeiro de Jocopo Friano, pai de Lorenzo, encaminharia o herbário a ele, por respeito ao luto que os dois dividiram – mas ela nunca mais ouvira sobre ele e não haveria como resolver essa dificuldade. Mas ponderou que, mesmo sem saber, Jocopo fora lembrado, pois ela dedicara o livro à irmã Agnes e a Lorenzo, os dois artífices do florescimento da mulher ilustrada que era sua presente expressão.

Os meses seguintes registraram a boa receptividade que o herbário recebeu nos meios acadêmicos, evidenciada pelo grande número de cartas endereçadas a Mirta oriundas de instituições de ensino e de outros mosteiros. Até então, seu universo de pesquisa se encerrava dentro da comunidade de Le Murate e era constituído somente por mulheres. Agora, essa troca de informações direcionava a atenção da boticária para o conhecimento derivado da prática dos profissionais da arte médica, seus pares, dando a ela uma percepção ampliada das possibilidades de uso dos recursos terapêuticos. As correspondências iriam nutrir o apetite de Mirta para o conhecimento por toda a vida, transformando conceitos, admitindo novas verdades e revisando convicções.

O período exitoso de Le Murate levou a abadessa a encomendar uma obra para a parede do refeitório. Já havia algum tempo que ela desejava ter ali a Última Ceia, num estímulo à reflexão das monjas durante as refeições, e avaliava que o momento havia chegado. Entre os grandes prodígios disponíveis em Florença, Dimitila escolheu Giorgio Vasari para executar a obra. A escolha se deveu a fatores práticos. O pintor, historiador e arquiteto, além de possuir talento admirável, tinha por característica realizar os projetos em tempo curto, o que diminuiria o período de interferência externa em Le Murate, segundo o entendimento de Dimitila. A abadessa convidou o artista para uma conversa e, numa exceção inimaginável, Ambra também foi chamada a participar do encontro.

Aos trinta e cinco anos, Vasari já havia feito fama, por isso Ambra se sentiu honrada com a oportunidade de vê-lo e ouvi--lo discorrer sobre o trabalho encomendado. A abadessa relatou ao artista que gostaria que a Última Ceia tomasse toda a parede do refeitório, mas pediu que ele encontrasse uma forma de pintar a obra fora do convento, transportando-a para dentro do prédio ao final, uma vez que a clausura não permitia a presença de homens em Santa Maria Annunziata. O pintor argumentou que o resultado podia ficar impreciso, sendo fundamental uma visita ao salão para realizar medições e conferir a iluminação e a aparência do refeitório, permitindo a ele criar o melhor e mais adequado trabalho para o local. Dimitila esclareceu que, ciente de tais necessidades, havia convidado Ambra, a qual, por se tratar de uma pintora bastante experiente, poderia oferecer-lhe todas as informações necessárias para o bom termo do projeto, bem como conferir as medidas e prover tudo o mais que ele demandasse.

Curioso, Vasari perguntou:

– É esta a monja responsável pelas telas que tenho visto em igrejas com o sinete de Le Murate?

Ambra, assombrada, respondeu que sim, não dando tempo a Dimitila para que afirmasse que a produção artística de Le Murate era coletiva, trabalho oriundo da generosidade de Deus.

Vasari cumprimentou a artista entusiasmado, dizendo que os quadros que havia tido o privilégio de admirar eram obras de arte delicadas mas intensas, e que ele se sentia muito honrado em conhecê-la. Seguramente, a colaboração de Ambra faria toda a diferença para a consecução de seu trabalho. O pintor esclareceu que não teria como precisar o tempo necessário para entregar a encomenda até que conhecesse as medidas da parede e tivesse encontrado uma solução para transportar a pintura. No entanto, acreditava que o painel demandaria um tempo entre seis e dez meses para sua finalização.

Antes de se despedir, ele recomendou a Ambra que anotasse as medidas com exatidão e fizesse um croqui do refeitório apontando localização e altura de portas e janelas, como também seu posicionamento em relação ao sol. Essa informação era muito importante para o estilo de Vasari, classificado por ele mesmo de Maneirismo e que, além da sofisticação, do exagero nos detalhes, da assimetria e das cores fortes e contrastantes, valorizava muito o jogo de luz e sombra. Daí a importância de conhecer a incidência da iluminação no ambiente para que a obra se revelasse completamente.

Ambra deixou a reunião maravilhada. Mesmo que minimamente e à distância, ela iria participar da execução da criação de um grande pintor. Ainda em êxtase pela notícia, a moça foi ao encontro de Mirta, na botica, para dividir sua alegria. A boticária ficou muito feliz pela amiga. Ela sempre acreditara no talento de Ambra e até usara de sua influência para que conseguisse permissão para pintar. A visita de Vasari e seus comentários sobre o trabalho da interna ratificavam o que a boticária já sabia: a arte não escolhia gênero para se manifestar – podia se expressar por meio de mulheres tanto quanto se expressava através de homens.

Irmã Ambra se empenhou em fazer as anotações solicitadas por Vasari. Mas, como forma de dar a ele a melhor ideia da disposição de janelas e portas do refeitório e também como uma desculpa para a exibição de seus dotes artísticos, elaborou pequenos quadros copiando a incidência da luz na parede que iria receber o painel, por ângulos distintos e em horários diversos.

O refeitório se apresentava como um enorme corredor capaz de acomodar as monjas beneditinas. Colados às paredes direita e esquerda, do piso até a base das janelas, lambris de madeira escura ofereciam ao aposento um ar solene e austero. A estrutura do mesmo material se estendia para o chão, em um ângulo de noventa graus, criando uma plataforma sobre a qual os bancos e as mesas longas estavam dispostos. As monjas se sentavam encostadas aos lambris, ocupando apenas um dos lados das mesas, deixando o corredor central livre. Acima do revestimento, janelas se repetiam, paralelas, por todo o comprido corredor, umas em frente às outras, acompanhando cada abóbada do teto. Essa disposição destacava e direcionava o olhar à parede do fundo do refeitório, onde Vasari exibiria sua criação. Além de desenhar, Ambra conferiu todas as medidas do aposento e as colocou em um croqui, dando destaque à parede que acolheria a Última Ceia. Esse espaço media, a partir da altura onde o painel seria afixado e excluindo a parte da parede onde começava a abóbada, dois metros e meio por seis e meio. Ambra se perguntava como Vasari iria solucionar a questão do transporte de obra tão grande sem danificá-la.

O pintor recebeu as anotações e ilustrações de Ambra e escreveu a ela agradecendo a precisão do trabalho, em especial o detalhe da incidência da luz sobre o corredor e seus reflexos na parede. Ao elogiar a qualidade do desenho de Ambra, disse, desculpando-se pelo comentário impróprio: "Diante de talento tão evidente, eu não hesitaria em tê-la entre meus assistentes". Tão logo encontrou a solução para transportar a obra, o pintor solicitou uma audiência com a abadessa e Ambra para expor sua ideia. Na reunião, ele apresentou o esboço de um painel dividido em cinco partes, que, ligadas, compunham a Última Ceia lindamente, sem os riscos representados pelo transporte de uma obra gigantesca. A abadessa ficou em júbilo, e Ambra reconheceu a genialidade da solução.

Nos meses seguintes, enquanto a pintura era executada, o pintor voltou a trocar cartas com Ambra, sempre com o fim de esclarecer dúvidas, mas não deixando de elogiá-la.

No mesmo período, Laura retornou a Le Murate para uma curta temporada de descanso. A jovem havia saído apressada, aturdida pela morte dos pais, e se sentia em dívida com o convento e com as amizades que havia feito por lá. Por isso, levando uma doação que foi muito bem recebida por Dimitila, veio passar alguns dias longe da agitação de sua rotina de empresária.

A chegada de Laura foi motivo de alegria para Mirta e Ambra. A jovem parecia mais madura e falava de seu trabalho e sua condição de mecenas com muita desenvoltura e segurança. Os negócios se encontravam protegidos após a batalha inicial, e Laura havia promovido mudanças que desagradaram a muitos por posicionarem mulheres em funções de prestígio. O mecenato ainda encontrava grandes dificuldades, mas que não se comparavam aos desafios do início, quando ela não conseguia sequer ser ouvida. Laura entendia a hesitação das artistas em se exibirem publicamente, pois, mesmo com o suporte financeiro oferecido, restava ainda a elas a peleja com as famílias, a sociedade e a Igreja. Mas, apesar de todo o preconceito, a jovem vinha construindo sua versão diminuta da Cidade das Damas. Laura comentou ainda que o herbário de Mirta era uma exceção nesse cenário de preconceito e rejeição, pois não tinha havido qualquer resistência à obra, como se o fato de ter sido produzida dentro de um convento eliminasse o tom transgressor imposto pela Igreja e pela sociedade a qualquer atividade feminina distante dos domínios domésticos.

– Muitos acreditam que a autora do manual médico é uma monja, e isso também facilita a abertura de portas – acrescentou.

Enquanto servia a Laura uma xícara de chá, Mirta ponderou:

– O caminho fácil encontrado por meu guia também é obra do preconceito, infelizmente, pois essa facilidade demonstra que as mulheres somente são respeitadas quando se encontram encerradas atrás de muros. Emparedadas e submetidas à tutela da Igreja, deixam de ser ameaça. – E conclui a boticária: – O que parece ser uma vantagem, na verdade, é uma sórdida expressão da perseguição e desvalorização sofrida pelas mulheres, que não alcançam serem vistas como entes autônomos, com vontade própria, poder de escolha, talento ou inteligência parelhos aos masculinos.

Rememorando a própria história, irmã Ambra concordou com a boticária. Ela mesma havia sofrido as dolorosas consequências desse arranjo perverso que negava às mulheres o direito de existir plenamente e impedia o afloramento de todo o potencial com o qual o Criador as investiu. E agregou, tímida, que nos últimos meses ela havia passado por mudanças internas e começado a se identificar como uma artista verdadeira. Laura e Mirta se surpreenderam com a declaração. Havia muito tempo que Ambra pintava e que suas obras eram enviadas para igrejas próximas e distantes, e algumas vezes também atendiam a demandas privadas – como era possível que a pintora não se percebesse como artista?

Ambra expôs:

– Minha arte sempre foi diminuída e cerceada e, mesmo no convento, enfrento dificuldades para expressá-la. Sou obrigada a pintar exclusivamente imagens sacras, temática que me agrada, mas não contempla todas as minhas aspirações. Além disso, é frustrante a insistência da abadessa para que o trabalho se mantenha anônimo e minha obra se apresente como criação coletiva dirigida por Deus. Não sinto que minha aptidão seja apreciada. – Ambra prosseguiu dizendo que havia começado a mudar de ideia quando Giorgio Vasari a cumprimentou diante da abadessa e seguiu com elogios por correspondência, fazendo com que ela, pela primeira vez, se sentisse reconhecida como dotada de talento verdadeiro.

Laura abraçou a religiosa pintora com entusiasmo e acolhimento. Ela estava muito feliz com a notícia de que Ambra recebera parabéns de artista tão festejado. No entanto, sentia pena da amiga talentosa, que, mesmo após tantos tempo decorrido e tantas obras realizadas, ainda sofria com a insegurança gerada por anos de insistente depreciação.

Mirta disse que o comportamento da abadessa iria mudar, pois todas as restrições impostas por Dimitila e sua insistência em defender a condição subalterna da mulher acabavam sendo reforçadas pela insegurança da própria Ambra. Asseverou crer que, ao conquistar uma percepção mais acurada de si mesma e admitir o próprio talento, Ambra mudaria a postura de Dimitila, promovendo um rearranjo nas posições ocupadas por ela e pela religiosa.

Laura concordou com Mirta. Respeitando a si própria e se reconhecendo como artista, Ambra iria impelir a abadessa a fazer o mesmo, conquistando o reconhecimento que lhe era devido. Após as atualizações sobre os últimos acontecimentos, as três se despediram rumo a seus compromissos.

Mirta tinha muito o que fazer na botica. As demandas criadas por seu herbário, desde a elaboração até a troca de correspondência com médicos e demais interessados, ocuparam um tempo que ela costumava empregar selecionando ervas, destilando óleos, organizando armários e prateleiras. Ambra não dispunha de muito tempo para ajudá-la, por estar envolvida com o trabalho de pintura. Assim, a boticária começara a apresentar a algumas noviças os conceitos básicos de seu mister, pensando em descobrir e preparar uma substituta. Embora gozasse de perfeita saúde, Mirta estava perto dos sessenta e seis anos e urgia encontrar sua sucessora.

Irmã Bianca, de quarenta anos, a assistente da boticária de um convento beneditino que fechara as portas por não conseguir se manter e que tinha sido transferida para Le Murate, interessara-se pelo posto e até colaborara com Mirta algumas vezes. Entretanto, as duas enfrentaram uma total falta de empatia. Enquanto a boticária baseava sua terapêutica em evidências e no estudo e percepção de que cada paciente era um universo particular, com necessidades específicas e próprias, irmã Bianca se apegava a tradições ultrapassadas. Essa postura causava constrangimentos a cada novo atendimento, o que chegou a provocar uma discussão acalorada entre as duas diante de pacientes da enfermaria. Mirta costumava ouvir e observar as enfermas antes de medicá-las e após a administração do recurso escolhido. A outra, supersticiosa e seguidora de Galeno, abordava as doentes com rezas e orientações para que se arrependessem dos pecados, afastando a influência demoníaca que se manifestava através da doença. Além disso, qualquer febre desencadeava discussões entre as duas, pois irmã Bianca defendia o uso indiscriminado de sangrias, enemas e êmeses, terapia galênica combatida por Mirta, que admirava as teorias de Paracelso.

A convivência entre as duas se tornou impossível quando irmã Bianca procurou a abadessa para questionar a autoridade da boticária, que, conforme reforçou, nem religiosa era. Dimitila, paciente, esclareceu que Mirta vivia a clausura havia cerca de cinquenta anos, tendo chegado a Le Murate muito antes dela mesma. Em todo esse período, havia sido um exemplo de seriedade, dedicação e competência, inclusive com a publicação de um herbário muito respeitado.

– Um herbário produzido por uma mulher que nega a influência do demônio na ocorrência de doenças deve ter contado com o apadrinhamento do próprio Lúcifer – protestou Blanca. – A senhora abadessa comete um erro imperdoável ao apoiá-la.

Ela ressaltou, ressentida, que, seguramente, os superiores de Dimitila desconheciam essa irregularidade absurda. Diante da ofensa, Dimitila impôs sua autoridade, transferindo Bianca para cuidar da boa apresentação da igreja do convento e supervisionar o refeitório. Na nova função, ela continuou a criar problemas e a protagonizar altercações, questionando a rotina de trabalho das monjas encarregadas de tais afazeres, até ser transferida para outro convento.

Em razão do fracasso dessa primeira tentativa, Mirta passou a buscar entre as noviças alguém com interesse e vocação por sua área de conhecimento. Assim, com a permissão da abadessa, organizou um mutirão para ordenar e inventariar a botica, período que serviria de teste para algumas jovens, sem melindrar nenhuma delas.

Quando sua visita se encerrou, Laura deixou o convento com a promessa de retornar de tempos em tempos, sempre que os negócios permitissem e a necessidade de descanso se impusesse. Antes de sair, encomendou dois quadros a Ambra, pedindo a ela para usar de sua criatividade na concepção das obras, que deveriam retratar profissionais do sexo feminino no exercício de dois ofícios, a pintura e a medicina. A jovem empresária ponderou que, sendo uma encomenda dela, a abadessa ficaria constrangida em barrar a execução dos quadros. Depois de a boticária lhe recomendar paciência e perseverança na defesa de suas convicções, Laura partiu, deixando Ambra a imaginar como as coisas teriam sido diferentes se ela mesma tivesse encontrado um mecenas disposto a patrociná-la. Naquele momento, pela primeira vez em duas décadas, sentiu vontade de deixar a clausura e abraçar sua verdade maior, que era o amor pelas belas-artes. Mirta percebeu o que ia na alma da amiga e a confortou, abraçando-a.

Algum tempo depois, a obra de Vasari foi finalizada e transferida para o refeitório de Santa Maria Annunziata. A empreitada abriu as portas do convento para o pintor e seus assistentes, que, usando de andaimes, com muito cuidado e meticulosidade, afixaram à parede os cinco painéis conjugados feitos de madeira e pintados no estúdio do artista. Como única monja autorizada a acompanhar o trabalho, Ambra foi a primeira a se encantar com a precisão das emendas, que pareciam fazer parte do desenho, incorporadas à representação das colunas do cenáculo e das dobras da toalha. Vasari disse à religiosa que os desenhos dela, com a descrição exata do refeitório, foram fundamentais para que ele conseguisse utilizar a luz corretamente em favor da obra.

À medida que o painel de Vasari ia se encaixando, Ambra se maravilhava com a riqueza de detalhes e originalidade. Com Jesus ao centro e os discípulos ordenados em disposição circular distribuídos de três em três, a pintura expressava todas as emoções vividas durante a última ceia: gratidão, despedida e também traição. Os detalhes mais tradicionais estavam presentes – a faca na mão de Pedro, o peixe como expressão do sacrifício de Cristo, o pão e o vinho da eucaristia –, e o pintor incluiu ainda o sal, símbolo da purificação na Lei Mosaica, tudo isso abraçado por sua genialidade. A religiosa não conseguiu conter as lágrimas, emocionada e grata por presenciar a revelação de uma obra única, ao lado de seu artífice.

O pintor, lisonjeado, disse a irmã Ambra que suas lágrimas eram um grande cumprimento para ele, pois vinham dos olhos de uma artista. Quando ele se foi, o choro de Ambra aumentou, parte pela emoção do momento, mas principalmente por saber que ela jamais alcançaria a experiência vivida por Giorgio Vasari, por mais talentosa e competente que fosse.

XI

1547 a 1552

Chiara Piccolomini, uma noviça de dezesseis anos, chegara a Le Murate havia dois anos, procedente de uma família nobre porém decadente de Pienza. A jovem trouxera em sua bagagem, além de um espírito curioso, o vínculo religioso, já que se tratava da bisneta mais jovem do papa Pio II. Era filha de um pequeno proprietário rural que se encantara com Emília Piccolomini, a futura mãe de Chiara, em um encontro acidental no centro daquela cidade, quanto ela acompanhava o pai em uma tarde de compras. Os dois homens de gerações distintas eram primos, e o encontro casual dera origem ao compromisso que se transformara em um casamento surpreendentemente feliz, consideradas a diferença de idade entre os dois e a transferência de Emília da cidade para o campo.

Os Piccolomini exibiam grande orgulho de suas raízes nobres, mas sobretudo de seu vínculo com a Igreja. Homem culto, humanista, diplomata, escritor, político e cosmógrafo, o bisavô de Chiara, depois de eleito papa, chamou o arquiteto Rossellino para elaborar o projeto que transformaria Corsignano em uma cidade ideal, exemplo do modelo de beleza característico do Renascimento. O arquiteto demoliu diversos edifícios e pôs seu projeto em prática, convertendo o centro da urbe em uma joia da arquitetura. A magnífica transformação se completou após a morte do Sumo Pontífice, ocasião em que a população decidiu mudar o nome do burgo para Pienza, em homenagem a seu filho mais proeminente.

Esse histórico imprimira certa altivez à personalidade de Chiara, que, embora vivesse no campo, era tratada com distinção em suas raras incursões pelos eventos sociais. Mas, ainda que empertigada, Chiara não era arrogante. A forma briosa com que falava decorria de seu apreço pelo estudo e da percepção de que existiam duas realidades caminhando paralelas em seu entorno. A primeira, sustentada pela futilidade ignorante, arranjos de conveniência e obscurantismo, e outra dirigida pelo esforço que ilustrava as pessoas, ampliava os horizontes e respeitava a dignidade humana.

A jovem descendia de uma linhagem de pessoas cultas que valorizavam a instrução. Seu parente mais célebre, além de papa, havia sido um escritor aclamado e, em seu lar, Chiara dispunha de uma biblioteca incomum para uma casa de família, confortável porém despretensiosa, situada nos arredores da cidade. A opção pela vida religiosa se deu quando a jovem assimilou que, apesar do sobrenome, suas chances de encontrar alegria no casamento seriam mínimas. A adolescente não se imaginava submetida a um homem cujo intelecto ela não pudesse admirar, e a observação de seu entorno indicava que, na melhor das hipóteses, ela teria por companhia um consorte gentil e iletrado, engolido pela batalha diária da subsistência da família. A ela, restaria cuidar dos filhos, educá-los, zelar pela casa e cooperar na lida da terra, sem espaço para a leitura e a contemplação. Mas, se a sorte lhe faltasse, seu marido analfabeto seria também grosseiro e primitivo – e esses não eram cenários que a atraíam. Avaliando as possibilidades restantes, a opção por Le Murate fora abraçada com entusiasmo, tendo recebido o apoio dos pais.

Quando Chiara foi convocada para prestar ajuda à boticária, ficou muito entusiasmada. Sua mãe, Emília, além de grande conhecedora de ervas, era parteira, atendendo não apenas os poucos empregados da propriedade rural, mas também os vizinhos, sem nunca cobrar pelos serviços, que executava por diletantismo. Vez por outra, a jovem acompanhava a mãe nos atendimentos e tinha, ela mesma, um conhecimento básico sobre chás, mezinhas e emplastros. Quando viu a enormidade da botica, não pôde conter a euforia. Enquanto caminhava reconhecendo as plantas, disparou a tagarelar a respeito do trabalho de Emília, discorrendo sobre partos, relembrando os doentes atendidos e descrevendo o jardim de ervas que ajudara a criar.

Mirta ficou muito bem impressionada com a jovem. Caso Chiara se comportasse de tal forma diante da mestra de noviças, seria repreendida, porém, para a cientista em busca de uma sucessora, o espírito curioso e o entusiasmo da candidata eram atributos muito vantajosos. A boticária poderia ter encerrado sua busca naquele momento, mas o respeito pelas outras moças que ajudavam na organização da botica, sem imaginar que disputavam um posto definitivo no local, fez com que seguisse com o projeto até o fim. Além disso, precisava observar Chiara por mais tempo. Sua intenção era evitar problemas semelhantes aos causados por irmã Bianca e que derivavam da crença presunçosa de que o próprio conhecimento, independentemente de sua estreiteza ou vastidão, era o princípio e o fim de toda verdade.

Após dois meses, a arrumação da botica se encerrou e Mirta agradeceu às moças pela ajuda, dispensando-as, mas pediu a Chiara que permanecesse, pois gostaria de ter uma conversa com ela. O período de trabalho conjunto havia confirmado o que a intuição da boticária prontamente revelara: a jovem era a melhor opção para a continuidade de seu trabalho. Curiosa, observadora, inteligente, familiarizada com alguns procedimentos e dotada de espírito dinâmico, Chiara parecia uma versão leve de Mirta. Se a novata abraçasse o estudo com afinco, a questão estaria resolvida – era essa a proposta que foi apresentada.

A boticária começou relatando sua própria trajetória, desde os primeiros dias como aprendiz de irmã Agnes até a publicação do próprio herbário. Discorreu sobre os anos de estudo constante. Falou das descobertas da ciência, citando Paracelso. Mencionou o cansaço das noites dedicadas aos doentes da enfermaria, lamentando algumas perdas e registrando o júbilo da recuperação da saúde. Mirta procurou deixar claro que a ocupação demandava dedicação, esforço e perseverança, mas havia trazido muitas alegrias à sua vida. Concluiu dizendo que já contava sessenta e sete anos e precisava deixar uma sucessora, perguntando à jovem, de chofre, se ela seria essa seguidora.

Atordoada, Chiara ficou muda. Após alguns segundos de tensão para ambas, começou a responder com a fala gaguejante. A jovem Piccolomini disse a Mirta que, desde que havia tomado a decisão de deixar a vida em sociedade para abraçar a clausura, nunca imaginou receber oportunidade de tamanho vulto. Sua decisão tivera motivo egoísta, de autopreservação, baseada na observação do que acontecia no seu entorno – especialmente na família. Deu como exemplo o caso da irmã mais velha, presa ao casamento com um homem afável, porém bronco, o que criara uma barreira intelectual entre o casal, fonte de inúmeros aborrecimentos à irmã e preocupações a seus pais. Por tudo isso, ela optara pela vida religiosa, onde estaria emancipada de compromissos com fortes chances de transformar sua vida em um palco da infelicidade. Mas, acrescentou, entre todos os planos feitos não se encontrava a proposta apresentada por Mirta, consideração inestimável que ela recebia com gratidão, respeito e o compromisso de estudar e dedicar-se.

Muito satisfeita, Mirta deu as boas-vindas à nova assistente e entregou a ela seu herbário, para estudo, o que facilitaria a compreensão do trabalho. A boticária recomendou a Chiara que comunicasse à mestra de noviças a nova atividade a partir de então, pois sua agenda passaria a incluir horas de leitura médica, além das aulas e visitas à enfermaria, sob a supervisão de Mirta. Finalizou dizendo que ela mesma iria falar com a abadessa Dimitila sobre o arranjo acordado com a jovem.

Mirta sentiu um profundo alívio. Finalmente ela pôde antever a continuidade de seu trabalho seguindo em direção à valorização das evidências e da ciência. Seu maior temor sempre fora não conseguir transmitir o conhecimento que adquirira a uma sucessão aberta à investigação científica. Irmã Bianca havia sido seu maior pesadelo, uma representante do retrocesso e da negação do conhecimento disfarçada de defensora do ideal cristão. Na verdade, tipos assim eram comuns, exercendo o terror e impondo a culpa e a tortura em nome de Deus e de Galeno. Refratários a qualquer mudança, na verdade, pouco se importavam com o doente, preservando, antes de qualquer outro bem, sua imagem e posição de destaque. Chiara era o sopro de esperança. Mirta iria transferir a ela tudo o que havia aprendido, mas, sobretudo, trataria de inculcar na jovem a consciência de seu direito de rejeitar qualquer paradigma que viesse a ser desbancado por novos conhecimentos.

A boticária comunicou Dimitila de sua escolha, pontuando a boa acolhida de Chiara ao convite e ressaltando o entusiasmo da jovem como excelente indicativo de que a questão havia sido solucionada. A superiora garantiu a Mirta total liberdade para organizar a agenda da aprendiz, pedindo a ela para preservar apenas os horários de oração e as aulas de teologia. A boticária disse que não pretendia interferir nos estudos de Chiara, fundamentais para lhe permitir a compreensão e a leitura crítica dos livros e manuais médicos, mas aproveitou para informar ter necessidade da atenção da jovem por duas horas, diariamente. Além disso, gostaria da companhia da noviça nas visitas à enfermaria – não todas as vezes, mas em alguns casos – para que fosse adquirindo prática. A abadessa assentiu à proposta e Mirta se dirigiu a seus aposentos para preparar o material de estudo que empregaria no treinamento da nova assistente. As aulas deveriam começar imediatamente!

Chiara ficou radiante! Ela sempre se interessara pelo trabalho altruísta da mãe, que era uma prática da arte médica. Mesmo sem ter estudos na área, Emília recolhia o conhecimento oral das idosas e parteiras com as quais conversava sempre que a sorte permitia tais encontros. Mas ela também tivera uma mestra que lhe transferira boa parte de seu conhecimento. Contratada para ajudar nos serviços domésticos, Eufrazia descendia de uma família de parteiras com tradição na manipulação das ervas, costume muito popular entre as camadas mais pobres de Siena, de onde a serviçal era oriunda. A mudança para Pienza acontecera por conta de uma oferta de emprego feita a seu marido logo após o casamento, o que acabou por dirigir Eufrazia para a casa dos Piccolomini quando Emília era uma criança. As duas estabeleceram uma forte relação de afeto e, quando a moça se casou, a empregada e o marido seguiram com ela para a propriedade daquele que viria a ser o pai de Chiara. Lá, a curandeira se ocupou pessoalmente dos cuidados da menina, que contava doze anos quando da morte da serviçal. Mas, mesmo com toda a tradição que a rondava, Chiara nunca havia pensado na botica como ocupação permanente, e o desafio ampliava sua percepção a respeito das possibilidades oferecidas à sua existência. Essa descoberta a deixara muito honrada.

A jovem se dedicou ao estudo com afinco e, passados dois anos, Mirta estava muito satisfeita com o progresso da assistente. Além disso, Chiara demonstrara ter uma facilidade maior que a de Mirta para entabular conversas com as enfermas, facilitando o trabalho de anamnese que a boticária tanto valorizava.

Ambra também havia aprovado a escolha de Mirta. Nas horas de bordado, rotina de relaxamento e descanso que boticária e pintora faziam questão de manter, procurava deixar isso muito claro, empenhada em eliminar as preocupações de Mirta com sua sucessão, mas também porque reconhecia o talento de Chiara. A assistente de boticária, vez por outra, até mesmo participava das reuniões de bordado, orientadas pelo talento artístico de

Ambra, cada dia mais acurado. Os quadros da religiosa, agora discretamente assinados – conquista que se deu pela fama que as obras divulgadas por Laura alcançaram nos últimos quatro anos –, variavam de tema. Dessa forma, atendiam a encomendas e rendiam à abadessa valores suficientes para afugentar suas preocupações com a inadequação da expressão artística feminina, dando à artista uma liberdade maior para criar.

No terceiro ano de aprendizado de Chiara, o convento recebeu Prudenzia Salvatore para um período de *serbanza*. A jovem de poucas palavras, alta, com os cabelos negros e encaracolados mantidos presos no topo da cabeça por grampos ornamentados, filha de um notário de Palermo, havia sido conduzida a Le Murate pela mãe, com um pedido de socorro à abadessa. Compromissada com um jovem, também de família de posses, Prudenzia engravidara de outro rapaz, com quem mantinha um relacionamento não autorizado pelos pais. A notícia da gravidez, confessada pela jovem por pressão da mãe, que percebera um pequeno volume sob suas roupas, deixara a sra. Salvatore em pânico. A solução encontrada fora convencer o patriarca dos Salvatore, sem esclarecer os verdadeiros motivos, de que a jovem deveria passar um período educativo em Santa Maria Annunziata, o que a prepararia para um bom desempenho no casamento.

O pai da jovem, a princípio, recusou-se a aceitar a ideia repentina. O casamento aconteceria em dois meses e não havia nenhum motivo para investimentos na educação da filha, a qual, ademais, já havia sido aprovada pela família do noivo. Além disso, Florença ficava a dias de viagem de Palermo, e existiam na região outros conventos abalizados para receber a filha por dois meses caso a mãe julgasse tal preparo necessário. Astuta, a sra. Salvatore disse a ele:

– Se o senhor meu marido não se importa em ser criticado e até ridicularizado pela família do noivo, uma gente esnobe, apegada a regras de etiqueta e mesuras, então mande mesmo sua filha para um dos conventos da região. Mas, caso o senhor prefira ser admirado e respeitado por entregar ao noivo uma herdeira preparada, fina, uma verdadeira dama que não demonstrará insegurança diante de situações constrangedoras, então envie Prudenzia a Le Murate. Lá ela será educada na mesma instituição pela qual passaram as filhas das famílias de maior prestígio político e econômico, inclusive a delfina de França.

O pai da adolescente ficou indeciso. A mulher conhecia muito bem seus pontos fracos, entre eles, a questão de sua origem ordinária. Mas, ainda sem concordar plenamente, ele lembrou à mulher que a data do casamento se aproximava e dificilmente o convento conseguiria promover a transformação de Prudenzia em prazo tão exíguo. A esposa concordou, ardilosa:

– Exatamente por isso, pensei em deixá-la no convento durante um ano, tempo bastante para que aprenda os cuidados com o lar e os maneirismos da vida social. – E continuou, persuasiva: – O matrimônio poderia ser adiado, porque o motivo é justo e a família do noivo entenderá.

Retrucando, o marido a alertou para o fato de que ambas as famílias estavam envolvidas em transações financeiras que só estariam seguras com a união dos jovens, problema que a mãe prontamente resolveu sugerindo o casamento por procuração. A solução garantiria o bom termo do já acordado, eliminando qualquer risco para os negócios. Além disso, o envio de Prudenzia a Le Murate poderia ser apresentado ao noivo como uma deferência, pois a jovem retornaria pronta para desempenhar seu papel de esposa com requinte e adequação.

Sem encontrar novos argumentos que barrassem a insistência da mulher, o pai de Prudenzia acatou a decisão. Afinal, ele queria o melhor para a filha e para os negócios – e, nos dois casos, era fundamental que conquistasse o respeito e a admiração de seus futuros parentes.

Satisfeita, a sra. Salvatore foi contar a novidade à filha, dizendo a ela que tudo iria se arranjar. O convento de Le Murate ficava a uma distância segura de Palermo e dos olhos da sociedade que abrigaria o jovem casal. A mulher experiente ponderou que ninguém iria desconfiar de tal decisão quando ela expusesse os motivos da *serbanza* em local tão distante e renomado. Especialmente porque trataria de apimentar a justificativa com um exibicionismo proposital que incluía altíssimos e muito exagerados custos, desviando a conversa do tema do casamento por procuração.

Prudenzia, angustiada, perguntou que destino seria dado ao filho e ouviu que tudo seria feito para que ela pudesse conviver com a criança. Sua mãe acrescentou que, no retorno a Palermo, iria se encontrar com a avó de Prudenzia, em Salerno, sob a desculpa de passar uns dias com a idosa. Na oportunidade, as duas pensariam em uma história convincente para transferir a criança para Palermo na hora adequada, sem causar suspeitas. A jovem se acalmou e começou a organizar as malas. Na semana seguinte, as duas adentraram o navio que as levaria até Pisa, de onde partiriam em direção ao convento.

Na chegada a Le Murate, após expor a situação à abadessa, a sra. Salvatore desabou. Toda a tensão vivida, desde a confirmação da gestação indesejada até o desfecho em Florença, havia exigido demais de seu equilíbrio emocional. A fim de se recuperar, ela decidiu passar alguns dias com a filha enquanto tomava fôlego para enfrentar as críticas da mãe sobre sua incompetência para educar os filhos. Mesmo assim, ela sabia que, ao final, a genitora a ajudaria, preocupada com o bom nome da família.

A abadessa Dimitila já havia recebido outras mulheres grávidas no convento. Muitas vezes, a história não acabava bem, com partos problemáticos, crianças sendo deixadas para adoção e mulheres abandonadas pela família sob as expensas da instituição. Essa não era uma situação que a agradava, mas, ao mesmo tempo, tinha a obrigação cristã de receber os aflitos. Foi assim que abriu as portas a Prudenzia, fazendo o possível para que a jovem se sentisse amparada. A sra. Salvatore lhe agradeceu imensamente, enquanto entregava uma polpuda doação que cobria com larga folga as futuras despesas da filha.

Após a despedida emocionada da mãe, a grávida foi recebida para uma conversa com a boticária e sua assistente. Mirta procurou saber como andava sua saúde e a gestação, mas, na verdade, a conversa tinha como principal razão tentar adivinhar quão familiarizada com as demandas do parto a jovem se encontrava. Felizmente, Prudenzia era a mais velha de quatro irmãos e havia presenciado o nascimento do caçula, o que tinha fornecido a ela uma boa noção de como as coisas se dão. Seus cálculos indicavam que o bebê nasceria em quatro ou cinco meses, e ela teria tempo de amamentá-lo e acarinhá-lo antes de retornar a Palermo.

Os dias transcorreram tranquilos até a data do parto. Durante esse período, Prudenzia dividia seu tempo entre as aulas e a confecção do enxoval da criança, no que era ajudada pelas melhores bordadeiras de Le Murate.

Ao longo de sua vida no convento, Mirta já havia acompanhado dezenas de nascimentos. Viúvas grávidas, mulheres abandonadas, amantes de nobres e jovens inexperientes, como Prudenzia, haviam protagonizado partos tranquilos e também muito difíceis assistidos por ela. Assim, quando Chiara foi buscá--la com a informação de que Prudenzia parecia estar em trabalho de parto, a boticária recebeu a notícia com placidez. Pediu à assistente que conduzisse a jovem para a sala reservada da enfermaria e em pouco tempo foi ter com as duas. Lá chegando, confirmou a suspeita de Chiara. O desconforto sentido pela gestante, com dores nas costas que vinham em espasmos, eram contrações – que pareciam já bastante ritmadas.

Mirta pediu à assistente que preparasse um forte chá de canela para estimular as contrações. Chiara fez o chá e trouxe também uma compressa quente, com grãos de trigo e artemísia, para ser aplicada na lombar da parturiente, técnica empregada por sua mãe. Para colaborar com o processo, Chiara apoiou a jovem em um passeio pelo corredor. A caminhada era intercalada com movimentos de vaivém dos quadris, num balanço que facilitava o trabalho do corpo, e com massagens e compressas nas costas para aliviar a dor e acalmar a moça. Mirta disse à gestante que ela devia atender às orientações de seu corpo e encontrar a posição na qual se sentisse mais confortável. Em sua experiência, a boticária já havia feito partos com mulheres em pé, ajoelhadas, acocoradas, com joelhos e mãos no chão, entre outras situações, e sabia que a postura ideal era aquela que a mulher escolhia. Após algumas horas, acomodada em uma cadeira de parto, Prudenzia deu à luz um menino forte e saudável, que mamava com vontade, indicando que tudo correra muito bem.

Após seis meses do nascimento, Prudenzia deixou Le Murate para assumir o casamento em Palermo. Um dia antes da partida, Pietra, sua avó, mandara buscar o menino, que ficaria com ela por alguns meses. Assim que o casamento da jovem se mostrasse seguro, ele seria enviado para a casa dos Salvatore, juntamente com uma carta contendo um pedido de Pietra para que fosse acolhido. A missiva informaria que o menino era filho de uma prima de Nápoles que morrera no parto. Aquele ramo da família, que contava com parcos recursos, não tivera como cuidar da educação do menino. Pietra diria que assumira a criança, penalizada, mas que, após quase um ano, sua idade e a saúde frágil impossibilitavam que ela mantivesse a tutela. A carta terminaria com a senhora afirmando que confiava no espírito caridoso do genro.

O plano se mostrou competente. A intimação em forma de súplica enviada pela idosa deixou o chefe da família Salvatore sem opção, e a criança foi recebida, para alegria de sua mãe e da avó. A notícia do sucesso da trama chegou a Le Murate de forma discreta. A sra. Salvatore enviou uma doação ao convento com uma correspondência em que externava sua gratidão pelos serviços educacionais prestados à filha, responsáveis por seu êxito como esposa e dona de casa. A mensagem também fazia referência a Mirta e a Chiara, "que haviam sido muito prestimosas no dia em que Prudenzia necessitara de cuidados médicos".

O nascimento da criança também trouxera a Mirta a validação de suas expectativas em relação à assistente. Em um momento de tensão, diante de uma mulher em dor e aflita, Chiara havia se comportado de forma segura e serena, tomando decisões acertadas e se esforçando para minimizar as dores e acalmar a parturiente. A carta de agradecimento, ao se referir às duas – boticária e assistente – com a mesma reverência, foi motivo de orgulho e alegria para Mirta. Aos setenta e dois anos, ela poderia enfim começar a se desobrigar de algumas incumbências.

XII

1555

A Reforma Protestante, subestimada em seu início, provocara uma grande debandada de fiéis, obrigando a Igreja Católica a reagir e adotar uma série de ações que visavam a uma reestruturação da instituição, cujo maior representante era o Concílio de Trento. O sínodo, que mobilizava religiosos e teólogos em repetidas reuniões, começara em 1545 e dez anos mais tarde seus decretos já tinham obtido sucesso em reafirmar dogmas questionados por Lutero. Também tratou de impor maior recato e modéstia a seus representantes, mas, para a condição feminina, os reflexos dessa busca pela moralidade e pudor vinham se mostrando desastrosos.

Nos cinco anos anteriores, o número de instituições paraconventuais destinadas a controlar a existência feminina crescera de forma vertiginosa por toda a Europa. As inquietações com a castidade e a preservação moral da mulher ganharam um largo espaço, justificado por éditos que se baseavam nas ideias de são Tomás de Aquino. O filósofo afirmava que as mulheres eram intelectualmente inferiores e tinham propensão a comportamentos lascivos. Segundo ele, o erotismo feminino, fonte permanente de pecado, punha em risco a retidão de caráter de qualquer homem. Portanto, era indispensável mantê-las sob vigilância e controle.

A Contra-Reforma, obcecada pela inferioridade feminina e o controle da natureza nefasta da mulher, não poupava nem mesmo as instituições religiosas, submetidas a novas e mais severas regras de reclusão. Sob a desculpa de proteção da integridade das monjas, que estariam em risco por sua fragilidade física e déficit intelectual, os conventos se viram submetidos à intensa vigilância dos bispos, que os obrigou a promover reformas em seus portões, tornando-os indevassáveis, com ferrolhos potentes. Os dormitórios conjuntos também viraram objeto de preocupação, devendo ser transformados tão rápido quanto possível em celas individuais, já que as mulheres, por sua essência libidinosa, precisavam de proteção contra si mesmas. Assim, caberia à Igreja zelar para que relacionamentos homossexuais não encontrassem espaço dentro das instituições que abrigavam as esposas de Cristo. Pelo mesmo motivo, apenas jovens a partir de dezesseis anos com evidente vocação religiosa passaram a ter autorização para fazer a profissão de fé – e somente após um ano de noviciado.

Às monjas foi também negado o aprendizado de latim, teologia e filosofia, e todos os livros que não versassem sobre temas sacros teriam de ser eliminados das bibliotecas, com o fim de evitar controvérsias.

A abadessa Dimitila apoiava com entusiasmo as mudanças que vinham se apresentando ao longo da última década, pois ela via nos decretos a chance de recuperação moral da Igreja após os ataques de Lutero. Entretanto, indignou-se por ter sua autoridade suplantada por decisões de um bispo que nada sabia das batalhas travadas por ela em décadas de dedicação ao claustro, e que pressupunham que tudo o que ela fazia estava eivado de erro e maculado por sua natureza torpe. Assim, quando o bispo ordenou que a biblioteca fosse desmontada, deixando à disposição das monjas apenas os livros adequados e eliminando os demais, ela se rebelou.

A princípio, a abadessa tentou argumentar com seu superior, dizendo que todos os volumes da biblioteca eram adequados e necessários à educação das monjas. O presbítero, julgando conhecer a resposta de antemão, perguntou a ela se os livros eram todos religiosos. No entanto, foi surpreendido pela resposta afirmativa da abadessa, que ponderou que nada no mundo acontecia sem a intervenção divina. Portanto, todas as obras se submetiam a essa lei inquestionável, sendo, sob esse aspecto, religiosas.

O bispo disse que o argumento dela era a prova de que, às mulheres, falta a clareza de raciocínio inerente aos homens. Assegurou que os livros que tratam de filosofia, medicina, artes e outros assuntos mundanos não poderiam ser classificados como religiosos, ainda que tivessem sido produzidos por obra da benevolência divina.

Dimitila, sem se deixar abater, observou que tais publicações eram fundamentais para o suporte ao aprendizado das monjas. No entendimento dela, se de fato a mulher raciocinava com menor clareza, era preciso dar-lhe instrumentos que auxiliassem seu aprendizado. Agregou que os livros médicos eram de grande utilidade no cuidado da saúde da comunidade monástica e das internas, população que havia crescido enormemente nos últimos anos.

O prelado retrucou que o aprendizado das monjas deveria se limitar às orações, ao silêncio e à obediência. Além disso, o atendimento às enfermas teria que estar sob a responsabilidade de um médico, mais preparado e capaz, sem depender de livros cuja compreensão não se encontrava acessível a mentes femininas. Acrescentou que as visitas médicas deveriam ser comunicadas previamente e que ocorreriam sob supervisão, estando proibida a interação do médico com a paciente sem a presença de, no mínimo, mais duas religiosas.

A abadessa rebateu afirmando que, para os casos extremos, Le Murate contava com o auxílio de dois cirurgiões, velhos conhecidos e muito respeitosos. Porém, para atender às exigências do bispo, seria melhor que ambos se mudassem para dentro do claustro, pois Santa Maria Annunziata contava com duzentas e onze monjas e um número de internas e residentes que dobrava sua população. Por isso, a boticária permanecia ocupada o tempo todo, fosse tratando os males femininos mais comuns ou queimaduras, quebraduras, cortes e toda sorte de acidentes a que estavam expostas mulheres dedicadas ao trabalho.

O prelado, irritado, vociferou que a decisão do Concílio de Trento era incontestável e que ela deveria retirar do acervo tudo exceto exemplares da Bíblia, livros de oração, tratados sobre a virtude, livros de salmos, hinos e afins. O restante aproveitável deveria ser encaminhado a instituições masculinas, e os volumes mundanos seriam queimados.

A abadessa percebeu que sua argumentação não seria considerada e partiu para uma opção menos nobre, porém mais eficiente. Desculpou-se com o bispo, garantindo que suas recomendações seriam cumpridas e, tão logo ele se despediu, foi ter com Mirta, a pessoa que lhe merecia a maior confiança em toda a comunidade, para apresentar seu plano. A boticária se encontravava lendo, como de hábito. Dimitila interrompeu o momento de estudo e disse a Mirta que as duas precisariam encontrar uma solução para as absurdas restrições, sem causar desconfiança ao novo vigilante de Le Murate. De comum acordo, chamaram a irmã Cipriana, mestra de noviças, para uma conversa e expuseram a ela os detalhes da reunião com o bispo.

A educadora se mostrou em choque. Disse que as novas regras pareciam uma condenação à ignorância e que, muito embora os momentos de estudo religioso e de oração fossem essenciais para a manutenção da paz e solidificação da fé, era evidente que o conhecimento em filosofia permitia melhor interpretação dos textos sagrados. O mesmo se daria com a teologia e o latim, língua sem a qual não seria possível entoar os cânticos, rezar e ler a Liturgia do Ofício Divino. Satisfeita com a exaltação que a novidade causara a Cipriana, Dimitila disse a ela que tinha um plano para desviar do impedimento. Perguntou se seria possível seguir com as aulas de filosofia e teologia apenas com uma bibliografia mínima, esclarecendo que as aulas de latim deveriam ser suspensas por uns tempos enquanto ela buscava uma solução para a questão. Irmã Cipriana refletiu um pouco e ponderou que a maior parte de suas alunas tinha conhecimentos básicos de latim. Portanto, era mesmo possível seguir praticando e conversando com as religiosas fluentes na língua durante as aulas de bordado e em outras ocasiões, além de seguir lendo os textos sagrados.

Dimitila ficou satisfeita com a informação. Por ora, o aprendizado de latim iria continuar, mesmo sem um horário formal para as aulas. Com relação às outras duas disciplinas, a mestra de noviças teria de consultar as professoras, mas acreditava ser possível contornar o problema da limitação bibliográfica, pois as educadoras eram muito experientes e profundas conhecedoras dos temas. Mirta pediu à irmã Cipriana que conversasse com as preceptoras, usando da maior discrição possível, e retornasse na manhã seguinte com aquelas que estivessem dispostas a seguir com a organização do projeto.

Quando as duas se encontraram a sós, Dimitila confessou a Mirta estar muito insegura com a insubordinação que estavam armando, mas não via outra forma de continuar a preparar as jovens para a vida religiosa senão por intermédio do conhecimento. A boticária apoiou a velha amiga, dizendo que elas seriam cuidadosas e, se em algum momento a situação se tornasse perigosa, cancelariam os planos. Ato contínuo, pediu à abadessa que providenciasse o envio imediato a Laura de um bilhete que ela escreveria, recomendando ao portador que aguardasse pela resposta da empresária. Em instantes, Mirta lhe entregou o papel que chegaria às mãos de Laura no meio da tarde. A ex-interna respondeu prontamente à correspondência. No início da noite, Mirta e Dimitila tinham um estratagema para salvar o acervo bibliográfico do convento.

Na manhã seguinte, irmã Cipriana retornou acompanhada de quatro religiosas. Sem entrarem em detalhes constrangedores, elas estabeleceram quais livros seriam fundamentais para garantir que as noviças tivessem ao menos conhecimentos mínimos de teologia e filosofia. Cada uma das educadoras se encarregaria de guardar, em local seguro e discreto, até um máximo de dez volumes, somando vinte de filosofia e vinte de teologia.

Discussões encerradas e livros escolhidos, a boticária e a abadessa informaram que os programas dos cursos de filosofia e de teologia deveriam ter seu conteúdo encaixado dentro das aulas de temática religiosa. Assim, o estudo dos evangelhos, dos salmos, das virtudes, etc. serviriam de contraponto para as ideias da filosofia e os conceitos da teologia. As duas recomendaram que as professoras preparassem previamente o quebra-cabeça com o suporte dos livros que ficariam sob sua custódia. Tais aulas deveriam ser, invariavelmente, as primeiras da manhã, o que evitaria a má surpresa de serem flagradas por uma visita do bispo. Finalizaram dizendo que o programa educacional a ser preparado pelas mestras não deveria conter qualquer menção a filosofia ou teologia. As sete mulheres abraçaram a decisão e se despediram para pôr o plano em prática.

A boticária, sua assistente e Ambra se reuniram para realizar a mesma difícil tarefa de escolha demandada às educadoras. Mirta mantinha em seus aposentos os livros que lhe eram mais caros. Acreditava que eles estariam seguros ali, mas seria preciso garantir que Chiara tivesse material de estudo à sua disposição para quando a boticária não estivesse mais presente. As três discutiram a lista, e o rol escolhido ficou bastante grande. A solução seria dividir os títulos entre a botica, a enfermaria e as celas das outras duas mulheres. Irmã Chiara, cujo bisavô papa fora um defensor da cultura, não podia crer na névoa obscurantista que invadira Le Murate. Todo o trabalho de escolher, separar e esconder os livros foi desempenhado por ela com a mais profunda consternação.

Havia três dias que Mirta enviara o pedido de socorro a Laura quando, conforme combinado, nos primeiros raios da manhã, a empresária bem-sucedida adentrou os muros de Santa Maria Annunziata. Junto ao portão, dois vagões repletos de barris vazios aguardavam a permissão para serem introduzidos no convento.

O intervalo de dias havia servido para que as monjas separassem os livros de acordo com a recomendação do bispo. Mas, coordenando o trabalho, Dimitila mandara reservar em uma pilha específica tudo o que havia de mais precioso na biblioteca, incluindo a coleção de Catarina de Médici, para que Laura pudesse proceder o resgate. Ambra e Chiara se envolveram pessoalmente na tarefa, orientando as noviças. Quando Laura chegou, uma enormidade de publicações foi enfiada dentro dos barris e rapidamente retirada de Le Murate por seus funcionários. Em um pacote à parte, embalado com cuidado, estavam as obras de Christine de Pizán, que serviram de motivo para a primeira conversa entre as amigas e que Ambra entregou à empresária com carinho. As três mulheres se abraçaram, cúmplices. Laura lamentou a situação enfrentada pelas monjas e lhes disse que sua determinação em busca da igualdade de direitos não havia esmorecido. Antes de partir apressada para evitar um encontro com o bispo, prometeu que os livros seriam lidos por muitas outras mulheres.

Quando chegou para conferir o trabalho das reclusas, na manhã seguinte, o prelado ficou satisfeito. O acervo do *scriptorium* não guardava nenhuma obra proibida às mulheres. Os tratados de teologia e filosofia se encontravam no pátio, perfeitamente ordenados, e os livros que seriam dispensados estavam empilhados, prontos para serem queimados. O religioso ponderou para si que a abadessa, apesar da resistência inicial, demonstrava haver entendido ser ele a autoridade com poderes para decidir o certo e o errado para Le Murate. E cismou, com desprezo: afinal, a biblioteca tão festejada de Santa Maria Annunziata não tinha nada de grandiosa.

Dimitila, para garantir que o prelado se desse por satisfeito, apresentou a ele a nova rotina preparada para o cotidiano das monjas e internas. O programa não fazia qualquer menção a latim, filosofia ou teologia. Agradado, o bispo retirou de Le Murate os livros que haviam servido ao disfarce da abadessa e partiu certo de que suas ordens haviam sido cumpridas e sua autoridade, admitida.

Ao final do dia, a sós consigo mesma em seus aposentos, Dimitila organizou a grande coleção de volumes da qual secretamente decidira ser guardiã. O imponderável e a opressão haviam transformado a religiosa conservadora em defensora dos direitos femininos.

XIII

1557 a 1559

Uma das ampliações e reformas de Santa Maria Annunziata havia criado celas individuais no piso térreo do prédio principal, exatamente sob a botica, a enfermaria e o refeitório, que ficavam no andar intermediário. Essa disposição era bastante prática para Mirta, que tinha seus aposentos no andar superior, sobre a enfermaria. A boticária apreciava a planta do edifício e a localização de seu quarto, muito conveniente para facilitar as visitas às enfermas e seu trabalho com as ervas. Além disso, o espaço dispunha de pé-direito alto que o tornava fresco no verão florentino, um fogão para aquecê-la no inverno e o sossego exigido por seu apreço à leitura. Mas o que Mirta mais apreciava era a vista desfrutada a partir da pequena janela, guardada por barras transversais que se cruzavam formando losangos. Ali, do alto, a boticária avistava o campo que se estendia numa sucessão de tons de verde até alcançar as margens do rio Arno, a não mais de quatrocentos metros de Le Murate. Ter acesso a um panorama tão inspirador era certamente um privilégio que ela muito estimava.

O mês de setembro de 1557 começara chuvoso, uma tradição de outono, e os dias foram se sucedendo sem que as águas dessem indicação de que iriam parar. De sua janela, a boticária observava o comportamento do rio Arno, que parecia querer ampliar seu leito, molhando os pés das árvores que enfeitavam suas margens. Mirta havia enfrentado três inundações causadas pelo Arno, e as paredes externas do convento, como era costume, registravam cada altura atingida pelas águas com a data correspondente: 1520, 1540 e 1547. Como em duas das três enchentes a enfermaria havia sido atingida, ela decidiu compartilhar com a abadessa suas preocupações de que o alagamento se repetisse. Dimitila, que também vinha acompanhando o nível da água com atenção, mandou transferir as enfermas que ali se encontravam para aposentos situados no andar superior. Como a botica ficava ao lado da enfermaria, Ambra e Chiara, apoiadas por duas noviças e sob a supervisão da boticária, retiraram das prateleiras tudo quanto puderam, acomodando potes, almofarizes, destiladores, livros, etc., no quarto de Mirta e até nos corredores do segundo andar. Dimitila também transferiu as religiosas que ocupavam as celas do térreo para o primeiro e o segundo andares, no lado oposto à enfermaria, na sala de bordados, no *scriptorium*, em seu próprio gabinete e em qualquer outro lugar onde fosse possível acomodar um colchão.

O dia doze de setembro registrou forte chuva, por horas consecutivas. De sua janela, Mirta avistou o campo completamente inundado, com poças que formavam uma sequência infindável de pequenos lagos. Na primeira hora de treze de setembro de 1557, um estrondo foi ouvido por duas monjas que atendiam ao revezamento das orações da madrugada, seguido pelo barulho das águas entrando, com violência, e rebocando tudo o que encontravam pela frente. Três pesados troncos, arrastados pela fúria do Arno, haviam rompido os grossos muros que cercavam a horta e o jardim botânico, invadindo o claustro e as celas do piso térreo com uma potência assustadora. As duas religiosas, em pânico, deram o alarme para as demais, disparando uma afobação que se mostraria totalmente infrutífera, pois a pujança das águas seguiu castigando as paredes do edifício, destruindo botica, enfermaria e refeitório, cujo piso desabou sobre as celas do rés do chão. As monjas se uniram em oração, enquanto o Arno exibia sua força, incólume, acompanhado pelo barulho da chuva torrencial que insistia em açoitar Florença.

Quando, após horas infindáveis de medo, estrondos, água e oração, o dia amanheceu, a luz revelou que Santa Maria Annunziata fora palco de uma destruição sem precedentes em sua história. Em diversos pontos, as muralhas não resistiram ao castigo da correnteza e se desmancharam, deixando o patrimônio cultural do convento à mercê de saqueadores e expondo as monjas ao risco de violência. Móveis sacros, livros, pinturas, obras de arte e objetos litúrgicos se encontravam destruídos, cobertos de lama e soterrados por troncos, pedras e lixo. A igreja do convento sofrera gigantesco dano, especialmente a sacristia, que se achava entupida por toda sorte de material que as águas conseguiram carregar. O cenário de total desolação se agravou com a descoberta do corpo de irmã Marta sob os escombros do refeitório.

A religiosa, encarregada de cuidar da brancura das toalhas, disposição de pratos e talheres, limpeza e conservação do cenáculo, havia acordado com a queda do muro do jardim e, ao ouvir o alarme dado pelas duas monjas, vestira-se e fora se juntar às demais religiosas em prece. A correnteza quebrou os vidros das janelas, fazendo os móveis girarem, batendo uns contra os outros dentro dos cômodos inundados e rebentando contra as paredes. Movida pelo amor à obrigação que dava sentido aos seus dias, ela venceu o medo e desceu as escadas até o refeitório para resgatar umas toalhas de linho esquecidas por distração em um armário. Lá, foi surpreendida por uma violenta onda que derrubou parte da parede paralela ao jardim, cedendo o refeitório à invasão das águas. Irmã Marta, em desespero, subiu em uma das longas mesas, abraçada às toalhas como quem abraçava a si mesma, buscando se proteger da inundação que sacudia móveis e estremecia paredes até colocar abaixo o piso do salão e engoli-la. A morte da religiosa foi imediata, e seu corpo escapou de ser levado pelas águas por ter ficado enroscado nos escombros.

A desolação era geral. A abadessa enviou pedido de socorro às autoridades eclesiásticas, informando que as avarias no convento de Santa Maria Annunziata eram colossais e envolviam a trágica perda de uma vida. Apenas uma força-tarefa seria capaz de avaliar a extensão do dano e elaborar um plano de recuperação, de forma a devolver a ordem ao convento.

A torrente havia atingido a incrível marca de cinco metros e vinte centímetros, a maior inundação já enfrentada por Florença. Na cidade, a ponte de Santa Trinità desmoronara, arrastada pelo ímpeto da correnteza. A lama impedia a circulação pelas ruas, e as casas estavam cheias de água e lodo, em um mórbido espetáculo de devastação. No entanto, nada se comparava à calamidade enfrentada por Le Murate. Quando o Arno atingiu o convento, seguindo seu curso natural em direção ao mar, carregava consigo os destroços e o barro carreados de Florença, fazendo do claustro o repositório do lixo que se deslocara por quilômetros até ali.

Dimitila esperava que os reforços fossem enviados sem demora. Os arquivos de Santa Maria Annunziata registravam que um século antes, quando o rio promovera desastre aparentado à calamidade presente, alguns homens, solidários à situação enfrentada pelas monjas, atravessaram os muros para colaborar com a limpeza do lugar, retirando lama, entulho e escombros. Apesar do gesto generoso, o grupo fora excomungado pela Igreja, levando a abadessa de então, Scolastica Rondinelli, a suplicar pelo

perdão para os homens prestativos. Agora os tempos eram outros e aceitavam até mesmo a estada em Le Murate das corrodianas, mulheres leigas em temporadas de descanso, mas as recentes restrições impostas pelos decretos de Trento deixavam Dimitila bastante apreensiva quanto ao envio de ajuda.

A ala das internas e pensionistas havia sido pouco afetada, apesar da lama espalhada por todo o espaço que dava uma aparência caótica a tudo que pudesse ser alcançado pelo olhar. O maior prejuízo se encontrava no refeitório, seguido pela enfermaria, botica e arquivo. A igreja também precisaria ser reconstruída, mas a maior urgência, após a limpeza, seria o fechamento dos muros alinhados ao rio, cujo colapso acabara com a segregação entre interior e exterior.

O medo de Dimitila não se confirmou, e um grupo de homens foi enviado para proceder à limpeza do local e guardar as religiosas. As famílias das internas também mandaram empregados para engrossar a frente de trabalho e, aos poucos, o lixo foi sendo retirado e o muro reconstruído. Enquanto a equipe se espalhava pela área afetada, Dimitila orientou as monjas a permanecerem dentro do prédio o máximo possível, saindo apenas para atender às demandas da força-tarefa ou para acudir alguma emergência. Os aposentos internos do convento também necessitavam de limpeza e organização, e as monjas se ocuparam desse trabalho em meio a profunda tristeza. Assim que a retirada da lama permitiu acesso ao cemitério, irmã Marta foi enterrada, em meio a lágrimas e comoção. As monjas choravam a perda da companheira de reclusão, mas também sofriam pela devastação e pelo futuro incerto.

Mirta ficou bastante tocada pela morte da monja. Ela acompanhara a trajetória de irmã Marta desde sua chegada a Le Murate, observando seu noviciado e profissão de fé por meio da vida cotidiana. Querida por todas, a religiosa zelava para que o refeitório estivesse sempre limpo e acolhedor, esforço que era reconhecido e recompensado com amizade e simpatia.

Absorta pelo desafio de inventariar o prejuízo na botica, Mirta refletiu que vinha se esforçando para garantir a preservação do conhecimento através de Chiara e também de Ambra, que a auxiliara por muitos anos. Mas como se precaver contra o imponderável? Se ela ou Chiara tivessem seguido o exemplo de irmã Marta e, por desvelo, escolhessem desafiar o perigo para verificar a situação de seu local de trabalho, poderiam estar mortas. A velha boticária reconheceu que, no máximo, suas ações e acautelamentos poderiam reduzir riscos e minimizar perdas, mas isso não bastaria para controlar acontecimentos coordenados pela força da natureza ou por qualquer outra potestade orientada por uma lógica, para ela, inalcançável. Faltara a irmã Marta a aceitação dessa impotência, resistência que lhe custara a vida. Divagando, Mirta se deu conta de que, ironicamente, a pressão do bispo para retirar os livros de Le Murate acabara por protegê-los da destruição. Tão logo fosse possível, ela iria pedir a Laura para repor os exemplares destruídos pela enchente, recompondo a biblioteca oculta da botica.

Os dias que se seguiram foram de trabalho e desconsolo. No entanto, a abadessa, de forma prática, começou a traçar um plano para a reconstrução do convento, reunindo-se com os responsáveis por cada área de trabalho da estrutura conventual de Santa Maria Annunziata. Além de Dimitila e irmã Letízia, sua auxiliar encarregada das anotações, Mirta era a única presença constante nas reuniões. A mestra de noviças, as professoras, as artesãs, as religiosas alocadas na cozinha, no *scriptorium*, na lavanderia e no arquivo, o representante da mão de obra contratada para serviços agrícolas, além do vigário encarregado da igreja, todos foram ouvidos e os levantamentos dos prejuízos discutidos e anotados. No fim dos encontros, Dimitila tinha diante de si uma lista de desafios intransponíveis sem a ajuda financeira do poder público, das famílias abastadas ou das personalidades ligadas a Le Murate.

A abadessa enviou cartas comoventes a todos os possíveis patrocinadores com os quais mantinha relações. Como resultado, o convento começou a receber doações dos Medici – incluindo a rainha da França, Catarina –, dos Soderini, Sforza, Mozzi, Pazzi, Pitti, Tuornabone, Cappone, Albizzi, Pucci, Rucellai, Strozzi e Guicciardini. Também contribuíram famílias abonadas que nem sequer haviam sido procuradas, mas que, orientadas pelo exibicionismo, esforçaram-se por incluir seu nome no rol de beneméritos.

A reconstrução pôde finalmente começar. Em um esforço de sobrevivência que se arrastaria por anos, as áreas atingidas foram recuperadas, até que a normalidade retornasse a Le Murate.

Durante os difíceis dias de limpeza e avaliação de danos, um milagre aconteceu, dando origem a uma dádiva grandiosa e a uma infinidade de histórias sobre graças alcançadas. As mesmas águas que invadiram o refeitório e botaram abaixo seu piso e irmã Marta subiram até os limites inferiores do monumental painel de Vasari e lamberam suas bordas, mas não o danificaram. Entretanto, o busto da Virgem com o Menino esculpido por Desiderio da Settignano, situado junto à porta de acesso ao refeitório, foi ao chão, sendo arrastado pela correnteza por uma centena de metros. A retirada da lama revelou que o baixo-relevo, escondido sob uma pilha de escombros, permanecia imaculado, o que assombrou as monjas e a equipe de limpeza. Quando o muro do convento foi reerguido, a imagem foi recolocada na face externa, sob um sacrário, como relíquia da fatalidade que atingira Santa Maria Annunziata. A história da recuperação da obra, intocada, ultrapassou os limites do claustro e, de forma imperscrutável, diversos milagres passaram a ser atribuídos a ela. O fenômeno desencadeou uma sequência de doações generosas, que permitiram a construção de nova igreja e reforçaram a fama de Le Murate como lugar santo.

De sua janela privilegiada, Mirta observava o movimento dos devotos buscando a cura para seus males. Aos poucos, ex-votos começaram a ser deixados ao pé do muro, levando Dimitila a construir uma pequena sala, junto ao busto milagroso, para receber os objetos. Observando as manifestações de fé e o acúmulo dos ex-votos, a boticária ponderou que a cura era sempre uma bênção, mesmo quando não podia ser esclarecida de forma racional. A bem da verdade, ela mesma vivenciara um milagre, pois os danos na botica haviam sido mínimos, parte por sua precaução, parte por razões que a razão não chegava a explicar. Talvez a Virgem e o Menino, de fato, tenham protegido o convento.

Os prejuízos no *scriptorium* também foram contornáveis. Ambra, seguindo a mesma lógica empregada por Mirta, encarregara-se de garantir a transferência escada acima do que havia de mais precioso, deixando para trás parte do acervo da biblioteca, mas salvando as cópias em andamento e boa parte do material de trabalho. À época da enchente, Le Murate contava vinte e seis escrivaninhas ocupadas por artistas que faziam a fama dos missais, livros de salmos, breviários e quaisquer cópias que agradassem à sua nobre clientela e atendessem à demanda de párocos interessados em ostentar o renomado trabalho ao celebrar o Divino Ofício. Também não era incomum que datas especiais, como casamentos e festejos religiosos, servissem de motivação para a encomenda das ricas reproduções. Na verdade, as águas do Arno poderiam ter causado um prejuízo incalculável ao convento se as monjas não tivessem sido precavidas. Duas telas pintadas por Ambra sofreram danos, e ela teria muito trabalho pela frente, mas esse era um prejuízo mínimo diante da força da enxurrada que tomara de assalto Santa Maria Annunziata.

Contabilizando o prejuízo, a abadessa lamentou incluir entre as perdas parte do arquivo do convento, carregado pelas águas, mas agradeceu pelas vidas preservadas. Esse sentimento era compartilhado por todas as monjas, especialmente por Chiara. A assistente de boticária se empenhara muito para transferir as acamadas para o andar superior. Mirta, a caminho dos setenta e oito anos, já não dispunha do vigor físico demandado pela missão, uma vez que algumas enfermas, sem energia suficiente para subir os degraus, precisaram ser amparadas e, em dois casos, carregadas pela escada. O trabalho com a retirada dos colchões e do material de trabalho da enfermaria enterrado na lama se estendeu por várias horas, deixando Chiara segura de que Le Murate havia sido palco de um milagre.

O sentimento de que o convento se encontrava sob proteção divina se ampliou com a constância das doações, as quais viabilizaram a renovação das áreas avariadas. Assim, o horto, que havia sido arruinado, pôde ser recuperado, a cozinha foi modernizada e ampliada, o antigo refeitório ganhou mais janelas, a botica foi brindada com estantes e armários mais adequados, a enfermaria recebeu camas confortáveis e o *scriptorium* obteve modernas escrivaninhas. A escultura de Desiderio da Settignano deixou de ser o registro de uma tragédia para assumir a representação de uma Graça.

XIV

1563 a 1565

O dia quatro de dezembro de 1563 registrou a última das vinte e cinco sessões plenárias do Concílio de Trento, quase duas décadas após seu início, em 1545. A sessão de encerramento foi um esforço diplomático do papa Pio IV, homem cujo espírito conciliador e complacente era reconhecido e fora muito útil para acomodar disputas internas que atrasavam a conclusão do sínodo. Em janeiro do ano seguinte, o papa confirmou os decretos, que foram publicados em junho. O formato final dos cânones disciplinares era constituído por vinte e um capítulos que detalhavam as restrições e discorriam sobre as condutas obrigatórias a serem adotadas pelas ordens religiosas. No final de 1564, Pio IV ordenou que os bispos retornassem às suas dioceses de origem e lá permanecessem, ficando encarregados de garantir a adesão de todos à profissão de fé tridentina e fazer cumprir as decisões conciliares.

O conjunto de regulamentos fora elaborado de modo a barrar o avanço do protestantismo. Como complemento a esse objetivo, buscava assegurar que a disciplina dirigisse a vida conventual, especial e principalmente a feminina, determinando o rígido e perpétuo confinamento das religiosas com o fim de impedir a transformação dos conventos em espaços abertos à flexibilização dos preceitos decretados pelo conclave. O encerramento do Concílio consagrou a ideia de que as mulheres, habitadas por ânimo pernicioso e lascivo, eram criaturas dadas à mentira e à dissimulação, seres com pendor para o comportamento pecaminoso, facilmente influenciáveis e manipuladas com habilidade pelos representantes das trevas. O sínodo reiterou o decreto do papa Bonifácio III promulgado em 1208 – chamado "Periculoso", em referência ao potencial danoso feminino –, acrescentando-lhe severas punições para os casos de descumprimento das ordens de clausura.

Os conventos vinham passando por restrições já havia algum tempo. A liberdade das monjas para praticar a autogestão e decidir o que melhor lhes convinha frequentemente sofria questionamentos, impedimentos e interferências por parte dos bispos. Mas a publicação dos cânones disciplinares legalizava e acirrava o cerceamento da liberdade das religiosas, com reflexo nas demais esferas da sociedade, que passaram a oprimir ainda mais as mulheres sob o disfarce da proteção.

Le Murate havia enfrentado com inteligência e dissimulação a primeira tentativa de aplicação das ideias do Concílio, anos antes, quando as normas ainda não tinham alcançado seu formato final, mais severo e autoritário. Dimitila e Mirta, com o auxílio de toda a comunidade conventual, obtiveram sucesso em driblar a tentativa de impedir o ensino de latim, filosofia e teologia. Porém, as pressões continuaram em vários flancos, e a sobrevivência fizera a abadessa ceder a algumas delas, como a estratégia para ocultar as demais insubordinações.

A presença do médico se tornara mais assídua, mas, sendo ele um velho conhecido de Mirta e respeitador dos bons resultados do trabalho desenvolvido por ela, a relação entre os dois se mantivera cordial. A ele não interessava estar à disposição do enorme grupo de mulheres a cada indisposição gástrica ou acidente doméstico. Mesmo vivendo em habitação contígua ao convento, o que lhe exigia um esforço mínimo para empreender visitas, os exagerados cuidados no relacionamento com as monjas e internas impostos pelos cânones eram motivo de tensão. O médico tinha consciência de que qualquer descuido poderia levantar suspeitas do bispo sobre sua retidão moral, e isso muito o aborrecia. A Mirta, o aumento da frequência nas visitas médicas também não desagradava. A boticária sentia o cansaço da passagem dos anos e via nesses atendimentos uma oportunidade para Chiara seguir estudando sem que ela precisasse se ocupar da formação da assistente o tempo todo. Além disso, era preciso fazer o clínico desenvolver respeito e simpatia por Chiara, como forma de assegurar a sobrevivência dessa parceria quando Mirta não mais estivesse presente. Assim, o arranjo agradou a todas as partes envolvidas, inclusive ao bispo, que desconhecia os meandros do cotidiano de Santa Maria Annunziata e se dava por satisfeito ao imaginar que suas ordens estavam sendo cumpridas.

Dimitila aceitara a imposição de grades, portões intransponíveis e até as modificações arquitetônicas prescritas pelo decreto com o fim de proteger as freiras contra si mesmas, porque avaliava que esse mal menor as deixaria livres para conduzir a vida por trás dos muros. No entanto, a abadessa considerava demasiadamente cruel a proibição da visita de parentes e, para remediá-la, fingia não perceber as conversas furtivas através das janelas gradeadas e a correspondência facilitada pelos prestadores de serviço que traziam e levavam mensagens entre as monjas e seus familiares. De toda forma, o contato físico com o mundo exterior ficara muito difícil, o que acarretou uma série de problemas para a administração da instituição, obrigando-a a adotar o serviço de mensageiros e profissionais capazes de suprir demandas antes atendidas pela estrutura conventual. Dimitila pensava mesmo que o aprisionamento acabara por ampliar a frequência da presença masculina intramuros, pois, com o impedimento de sair, ela se via obrigada a deixá-los entrar. Essa alteração na rotina, embora se restringisse a poucos profissionais, já havia desencadeado romances, tão inoportunos quanto evidentes, envolvendo monjas, contratados, noviças e colaboradores. Mas os namoros proibidos tampouco eram novidade para Dimitila, que estava acostumada a administrar esse desafio, apesar dos riscos envolvidos na situação. Para isso, contava com a ajuda da própria estrutura criada para manter as internas longe dos olhos seculares, beneficiando com a privacidade os desvios de conduta.

A situação começou a se complicar quando a interferência episcopal alcançou a gestão financeira de Le Murate. A supervisão do bispo sempre ocorrera, mesmo nos períodos mais tranquilos, mas o convento tinha autonomia para administrar suas finanças e tomar decisões comerciais. Um comércio próspero entre a produção conventual e o mercado florentino pagava as pesadas contas de Santa Maria Annunziata, e a ingerência episcopal nessa bem estabelecida transação poderia pôr em risco o delicado equilíbrio econômico de Le Murate.

A visita inesperada do bispo para a apresentação das novas regulamentações não foi recebida com simpatia. Dimitila, de forma firme e educada, deixou claro que o convento não iria se submeter à ingerência dele. Ofendido em sua vaidade, o prelado disse que não cabia a ela questionar suas ordens, e sim obedecê-las. Dimitila argumentou que a gestão das finanças de Le Murate estava a cargo de monjas experientes, conhecedoras dos custos de manutenção da instituição. Acrescentou que elas tinham domínio dos preços de mercado e excelente relacionamento comercial com fornecedores e consumidores e, portanto, qualquer alteração nessa frágil estrutura poderia deixar as monjas em estado de penúria.

O bispo, empertigado, argumentou:

– Às monjas, está proibido o contato com fornecedores e consumidores! Esse é mais um motivo para que a gestão passe para as mãos de meus auxiliares, além da reconhecida desvantagem feminina para a execução de tarefas de cunho intelectual. Um homem saberá administrar as finanças muito melhor que qualquer monja, por mais experiente que esta seja!

Terminou dizendo que ela deveria apenas garantir que a produção de toalhas, bordados, fios de ouro, cópias de livros sacros, etc. não esmorecesse, para que nada lhes faltasse. Ele se encarregaria de dar a Dimitila uma quantia mensal para cobrir gastos emergenciais, ficando encarregado do abastecimento do convento.

A velha abadessa, enfurecida, encarou o bispo:

– Isso não irá acontecer porque seria uma condenação à fome e, quiçá, à morte! Como autoridade máxima em Le Murate, tenho a obrigação de zelar pela segurança e bem-estar da comunidade.

Enchendo-se de coragem, Dimitila segurou os papéis com as ordens episcopais e afirmou com desprezo:

– Esta imposição, além de inaceitável, fará com que eu perca o respeito de minhas subordinadas. Eu passaria a ter minha própria autoridade questionada, o que poderia ocasionar o descumprimento de muitas outras regras, interferindo na produção artesanal e no atendimento às restrições impostas pelo Concílio de Trento.

O homem, colérico, bradou que ela devia estar sob a influência das trevas para se opor a ele de forma tão petulante. Caso ela insistisse em descumprir suas ordens, ele trataria de retirá-la da direção do convento e excomungá-la, pessoalmente. E acrescentou, ameaçador:

– Cale-se! A discussão está encerrada!

Dimitila ainda tentou argumentar, mas foi interrompida pelo bispo. Com gritos inflamados, ele ordenou que ela aprontasse para inspeção os livros contábeis dos últimos cinco anos. O homem, irado, disse que os recolheria em sua próxima visita, que fez questão de agendar para a semana seguinte.

O prelado saiu, deixando a abadessa imersa em lágrimas. Dimitila sabia que, caso ela não encontrasse uma saída para o impasse, Le Murate poderia ser atirado na miséria e a fome se instalaria no cotidiano do convento. Envolvida pelo desconsolo, a religiosa foi se aconselhar com sua velha amiga boticária, em busca de conforto e inspiração para um novo estratagema.

Ao ser colocada a par das novas exigências, Mirta disse a Dimitila que a única saída seria fraudar os resultados da produção artesanal de Le Murate, apresentando números menores e deixando os investimentos com a compra de grãos, tecidos, tintas e demais insumos sem alteração, forjando um déficit entre gastos e lucros. A abadessa disse a Mirta que concordava com a ocultação dos reais ganhos obtidos com o comércio, mas essa manobra precisaria ser muito bem articulada para não gerar um débito anual gigantesco, sem guarida na matemática ou na lógica. Le Murate não tinha sobras, mas também não apresentava grandes dívidas, e seria preciso apresentar uma justificativa plausível para a solvência das contas.

Após longa discussão, as duas concluíram ser necessário conversar com irmã Argentina, a monja arquivista, para encontrarem um caminho seguro para a maquiagem da escrituração, se quisessem garantir a segurança alimentar da comunidade e alguma sobra para emergências. As monjas sempre viveram de forma muito modesta, mas o alimento e o aquecimento – este, essencial nos meses de inverno – nunca faltaram, e Dimitila faria todo o necessário para garantir que as coisas continuassem sob controle.

A inundação ocorrida cinco anos antes havia destruído boa parte do arquivo, incluindo a contabilidade daquele ano e dos anteriores. Dimitila, de repente, deu-se conta de que o ataque das águas se transformara em protetor da autonomia de Le Murate, pois, se os livros contábeis ainda existissem, inviabilizariam a fraude na escrituração e ela não teria nenhuma chance contra a opressão episcopal. O desastre, afinal, abrira a ela a possibilidade de escapar do controle, adulterando apenas os últimos quatro exercícios, sem qualquer possibilidade de verificação comparativa com os anos precedentes.

Irmã Argentina cuidava da contabilidade de Le Murate havia uma década. O sistema empregado por ela era bastante simples, porém, eficiente para manter vigilância sobre débito e crédito. Seu trabalho imprimia segurança aos investimentos com insumos para as artesãs, à compra dos víveres não produzidos pelo convento, ao pagamento dos ajudantes e aos demais gastos fixos de Le Murate, sem correr o risco de que as despesas ultrapassassem os ganhos. O inventário organizado pela monja era atualizado a cada bimestre a partir de anotações e recibos mantidos bem guardados e em perfeita ordem pela arquivista. Nada mais era que o somatório de crédito e débito que Le Murate tinha em relação a cada fornecedor, comprador e prestador de serviço, resultando em um saldo positivo ou negativo.

Ao se inteirar da situação, irmã Argentina ficou pensativa, buscando uma brecha em seu sistema contábil capaz de garantir a solvabilidade do convento, ainda que os ativos declarados fossem inferiores ao passivo. A monja concluiu que a solução se encontrava nas doações, únicos aportes que escapavam à inspeção, por não obedecerem a qualquer regra que não as da caridade e da solidariedade. Ademais, as ofertas, muitas vezes, davam-se de forma anônima, por obra da escultura da Virgem com o Menino. Além de tais doações, havia ainda os pagamentos feitos pelas famílias das noviças e internas que cumpriam a *serbanza*, mas estes muitas vezes mal cobriam os gastos com a estada, podendo ser lançados sem qualquer dissimulação.

A contabilista esclareceu que as contas do primeiro ano pós-inundação tiveram saldo negativo, pois o desastre arrasara a reserva de grãos e destruíra ou desaparecera com os insumos para a produção artesanal. Não fossem as doações, em especial a dos Medici, Santa Maria Annunziata poderia até mesmo ter sido obrigado a encerrar atividades, consumido pelas dívidas. Diante dessa observação, as três concordaram que dois dos cinco inventários anuais exigidos pelo bispo estavam sob controle. Restava solucionar a contabilidade de três livros, com seis balanços cada. Elas tinham uma semana para apresentá-los a seu novo vigia de forma convincente e verificável.

Irmã Argentina advertiu que a fraude precisaria considerar que muitos insumos eram comprados e seria muito difícil justificar nova compra caso estes não figurassem como bens manufaturados e vendidos, com o lucro correspondente anotado. Por outro lado, a produção agrícola do convento, em especial a do pomar, não passava por nenhum controle. O excedente de frutas, tais como romãs, pêssegos, figos e outras mais, sempre fora utilizado para preparar geleias, licores e doces consumidos pelas monjas e comercializados no mercado de Florença. Não dava para excluí-los do inventário, mas era possível anotar apenas uma porcentagem dos resultados obtidos com essa transação, desviando o restante para as mãos da abadessa.

Mirta afirmou que a mesma estratégia poderia ser adotada em relação aos produtos da botica, pois grande parte da matéria-prima tinha origem no jardim botânico. Dimitila ressaltou haver ainda muitos potes de geleia, compotas e doces em estoque. Esses produtos não haviam sido contabilizados porque, como esse não era um negócio de grande relevância em Le Murate, apenas o resultado das vendas do excedente era anotado. Aliviadas, as três concluíram que as duas atividades bastariam para assegurar a reserva para eventuais gastos emergenciais. Mas faltava encontrar um caminho para os demais negócios, e Dimitila tomou consciência de que as toalhas, túnicas e bordados não seguiam um tamanho padrão. As toalhas de banquete poderiam ter muitos metros e serem rebordadas com uma infinidade de cores, enquanto as de altar eram pequenas e as de ambão, menores ainda. O mesmo se dava com as túnicas masculinas, femininas e infantis, com e sem ornamentos, e com as mantas tecidas em lã. As imagens sacras, ricamente bordadas com cores e fios de ouro e prata, também não escapavam à falta de padronização e poderiam encontrar lugar de destaque em igrejas ou adornar uma pequena capela privada pertencente a alguma dama da nobreza. Todas essas atividades permitiam, portanto, a manipulação do consumo de tecidos e linhas, sem qualquer possibilidade de contraposição pelo bispo.

Mirta relembrou que os proventos oriundos do trabalho das copistas também eram passíveis de adulteração, pois, muitas vezes, as encomendas partiam das próprias corrodianas e dos familiares das internas de Le Murate – para presentear parentes, religiosos e amigos. A mesma coisa ocorria com as telas pintadas por Ambra, sendo impossível para o presbítero obter controle sobre a verdadeira demanda.

As três mulheres, mais tranquilas, passaram a dar atenção à parte prática do plano, pois os três livros deveriam estar prontos antes do retorno do bispo. Felizmente, seria possível pôr as copistas a serviço de irmã Argentina, que supervisionaria o trabalho para garantir sua consistência. Elas se apressaram em dar início ao plano. Enquanto a arquivista preparava nova versão para os lucros comerciais obtidos, as escribas iniciaram a cópia fiel de todos os gastos bimestrais, deixando páginas em branco para posterior apontamento dos ganhos manipulados e das doações fictícias.

Uma semana mais tarde, o bispo retornou e se deparou com uma contabilidade exemplar, expondo a terrível situação financeira de Santa Maria Annunziata, cuja sobrevivência dependia, em grande parte, de doações. O prelado ruminou consigo mesmo que se a administração do convento não tivesse sido deixada a cargo de uma mulher, as contas se apresentariam de forma mais positiva. Preocupado com o equilíbrio financeiro de Le Murate, ele determinou a Dimitila que assegurasse a intensificação do trabalho, pois a produção não poderia parar até cobrir completamente os gastos de manutenção da instituição. O religioso disse que os insumos seriam garantidos, mas as despesas com vestuário, alimentação, lenha e prestadores de serviço teriam que diminuir, permitindo a solvência de Le Murate. Além disso, a privação serviria como exemplo de dedicação religiosa, pois a gula, o conforto e o ócio contrariam a ascese, caminho para a elevação espiritual.

Dimitila não se opôs a absolutamente nenhuma das restrições impostas pelo bispo, imersa em profunda gratidão por ter conseguido evitar que a fome, o frio e a exaustão se abatessem sobre Santa Maria Annunziata. O sacerdote partiu satisfeito com a demonstração de obediência, enquanto a abadessa buscou a amiga para elaborarem a segunda parte do plano. Os produtos manufaturados de Le Murate precisariam encontrar um caminho até o mercado – e esse desafio parecia ser bem maior que o da fraude contábil.

Nos últimos anos, os portões do convento passaram a ser guardados por homens a serviço do bispo. Essa vigilância, quando não impedia, dificultava o acesso de qualquer visitante que não tivesse recebido expressa autorização da autoridade episcopal para entrar. Acesso diário tinham apenas os ajudantes que cuidavam da manutenção do convento, encarregados de diversos serviços, do pequeno reparo a reconstruções, bem como do trabalho mais pesado no campo. Além destes, sobravam algumas ajudantes da limpeza, que agora não seriam mais pagas pelo prelado, exceção feita a duas delas, colaboradoras na cozinha – que Dimitila informara ao bispo serem fundamentais para dar seguimento à produção de compotas e doces. O médico, que vivia em frente aos portões principais, tinha acesso garantido. O mesmo ocorria com os entregadores, que não compareciam ao convento diariamente, mas apenas quando as entregas e retiradas de mercadorias se fizessem necessárias. Além disso, esses homens adentravam apenas o vestíbulo do convento, sob os olhares dos guardas, o que dificultaria o contrabando dos produtos sonegados.

Ao dispensar os serviços das auxiliares, Dimitila chamou quatro delas, as mais antigas e com as quais mantinha relação próxima e amistosa, para uma conversa privada. A abadessa confiou a elas a situação que ameaçava a sobrevivência das monjas. As restrições impostas pelo bispo impactariam até mesmo a alimentação das internas, disse a religiosa, e elas precisariam de ajuda para suportar prova tão dura. A abadessa seguiu o relato afirmando que monjas e trabalhadoras deveriam se unir para, juntas, protegerem-se umas às outras. Acrescentou que esse seria um segredo entre elas, seguramente abençoado pelo Criador, que jamais aprovaria que seus filhos passassem por privações evitáveis.

Constanza, a mais falante entre as quatro, perguntou a Dimitila se não seria pecado uma associação para atuar contra determinações da Igreja. Surpreendida pela pergunta, a abadessa vasculhou seus recursos dialéticos em busca de uma resposta capaz de tranquilizar a mulher, sem ofender a autoridade dos cânones disciplinares. Por fim, acabou respondendo que, ao longo da história, muitas decisões tomadas por religiosos e até por concílios foram reformadas, mostrando que, não raro, era preciso ajustar as normas para melhor se adequarem à realidade:

– As restrições concernentes à alimentação e ao aquecimento dos ambientes partiram de uma interpretação particular do bispo, e não do Concílio. O prelado não conhece a fundo as necessidades do convento, carecendo de tempo para se dar conta de todas as demandas e adaptar o orçamento a fim de atendê-las.

A religiosa salientou ainda que ela havia jurado não medir esforços para proteger a comunidade conventual e não poderia quebrar um juramento feito a Deus, especialmente este, ocorrido durante a eucaristia que concedera a ela a Bênção Abacial.

– Portanto – asseverou a abadessa – a aliança que proponho é apenas mais um esforço para o cumprimento de um voto sagrado. As senhoras estarão colaborando para que as coisas se mantenham em ordem até que o bispo se inteire da realidade e adéque o orçamento à demanda.

Dimitila ressaltou que as escolhera por reconhecer, em cada uma delas, as qualidades exigidas por um vínculo de tal importância. Para alívio da abadessa, as mulheres, lisonjeadas, não estenderam os questionamentos, e Constanza pediu à superiora que esclarecesse os detalhes envolvidos na aliança proposta, para que as auxiliares pudessem estar preparadas.

– Por ora, escreverei uma carta que deve ser entregue à empresária Laura Malatesta.

No momento, essa era a única demanda a ser cumprida. Depois, elas teriam de aguardar até que Laura as procurasse e contratasse seus serviços. As mulheres, sem nada a perder e também por não vislumbrarem qualquer risco no atendimento do pedido da religiosa, aceitaram a incumbência. Satisfeita, a abadessa disse a elas:

– Laura é pessoa de minha mais alta confiança, porém, no mais, será necessário manter sigilo sobre nossa conversa, para garantir o sucesso e a segurança do projeto.

As mulheres se comprometeram com o sigilo e Dimitila escreveu a mensagem para Laura, que a recebeu na manhã seguinte. Uma semana após a entrega da carta, a empresária adentrou os fortemente guardados portões de Le Murate para uma estada de dez dias. A ex-interna havia empenhado esforço e capital para que a autorização para um período de retiro espiritual fosse concedida em tempo recorde.

A chegada de Laura foi recebida com entusiasmo e esperança pela boticária, pela abadessa, por Ambra e Chiara. Sem muitas delongas e com as conversas protegidas pelos muros, as mulheres relataram à empresária idealista o cenário de privações construído pelas restrições episcopais e as manobras feitas para fraudar os livros contábeis. Laura manifestou orgulho e admiração pela coragem daquelas mulheres, suas velhas amigas, que, mesmo encarceradas e submetidas às regras da hierarquia eclesiástica, encontraram um caminho para resistir à opressão. Caberia a ela, agora, ser o recurso que daria sequência ao estratagema de proteção do sustento e da dignidade das muradas.

A empresária perguntou a Dimitila quantos eram os fornecedores de insumos para Le Murate. A abadessa explicou serem muitos, mas ressalvou que as entregas eram feitas por uns poucos carroceiros, que, em quase todos os casos, recolhiam os insumos junto aos fornecedores e adentravam o convento três vezes por semana. Laura perguntou como a retirada dos produtos manufaturados pelas monjas se dava e se havia controle e vigilância sobre a mercadoria.

– Muitas vezes, as mercadorias saem com os mesmos carroceiros para aproveitar a viagem e diminuir o movimento no claustro – respondeu Dimitila. – Há controle, mas focado na possibilidade de alguém entrar ou sair escondido entre as caixas. Os carroceiros deixam os itens com os clientes habituais à medida que as encomendas ficam prontas, mas, com as novas regras, o dinheiro é encaminhado ao bispo, juntamente com um inventário semanal dos créditos de Le Murate.

Laura refletiu por um tempo, enquanto as emparedadas aguardavam preocupadas, e retomou a conversa:

– Creio que encontrei a solução para o problema! Irei me tornar uma distribuidora das belezas produzidas no convento!

Os produtos de suas duas empresas eram distribuídos em mercados que ultrapassavam em muito os limites do vigoroso comércio florentino, alcançando até outros países, por terra e via o porto de Pisa. Para não levantar desconfianças sobre o plano arquitetado, seria preciso incluir parte das aquisições de Laura no inventário enviado ao bispo, mas o restante sonegado seria pago diretamente a Dimitila. Esse valor serviria para as despesas emergenciais, mas também para pagar os fornecedores de alimentos, lenha e o que mais fosse necessário, garantindo assim o atendimento de todas as necessidades das enclausuradas. Laura diria a esses comerciantes que as compras eram o pagamento de uma promessa, devendo ser incluídas nas entregas periódicas, sem identificação da doadora. As quatro mulheres escolhidas por Dimitila seriam contratadas pela empresária e distribuídas entre sua casa e as duas lojas que mantinha no Mercato Nuovo, ao lado da Ponte Vecchio, pois ela precisaria ter gente de confiança e ciente da situação recebendo e estocando as mercadorias.

Chiara disse a Laura que as ajudantes da cozinha poderiam se encarregar da entrega dos valores sem despertar desconfiança, assim como eventualmente poderiam se incumbir de transportar algumas encomendas, que atravessariam os portões escondidas sob suas saias. Apenas o trabalho de Ambra seria mais difícil de ocultar, por conta de sua especialidade e destaque, mas, de qualquer forma, parte dos ganhos obtidos com as telas retornaria a Santa Maria Annunziata pelas mãos do bispo.

As cinco mulheres estavam dispostas a correr riscos em defesa da dignidade e do bem-estar da comunidade, encorajadas pela convicção de que as normas haviam sido feitas para puni-las por um crime jamais cometido e cuja testemunha de acusação era a crença discriminatória da supremacia masculina. Elas iriam resistir, pois a opção restante era sucumbir aos maus-tratos e aviltamentos.

Mirta abriu os braços para Laura, grata e fortalecida por sua perspicácia e inteligência, e foi acompanhada pelas demais, em um gesto que selou a aliança feminina. Apenas Ambra chorava, entristecida, incapaz de lidar com a frustração de não poder decidir seus caminhos por si própria. Sentindo-se ultrajada pelas ordens episcopais, pensou em como a vida seria distinta se ela tivesse a liberdade desfrutada por Laura.

Antes de partir, a empresária bem-sucedida pediu às religiosas para prepararem uma grande encomenda que ela levaria a Veneza, para a Feira della Sensa, um grande evento anual com duas semanas de duração. E, cuidando de não despertar suspeitas, ela encaminhou ao bispo, no mesmo dia, outro pedido, bem menor e mais restrito.

Com o passar dos meses, a estratégia adotada por Le Murate, que dava ao bispo a impressão do cumprimento de suas regras disciplinares, começou a causar problemas às monjas. Tudo caminhava muito bem, deixando o religioso ansioso por encontrar deslizes que justificassem nova exibição de sua força e autoridade. Um ano após a entrega dos livros contábeis, o vaidoso prelado, sem qualquer razão e decidido a desfrutar de seu poder, organizou uma revista ao convento. O religioso trancou as monjas na igreja e, coordenando um grupo de dez homens armados, fez uma devassa nos quartos, refeitório e áreas administrativas de Santa Maria Annunziata.

Não havia nada de irregular à vista, já que as frequentes ameaças sofridas pela comunidade haviam feito com que os livros proibidos fossem deslocados para locais acessíveis apenas a exímios conhecedores da intimidade do convento, e a sonegação se encontrava muito bem protegida pelos registros contábeis adulterados. No entanto, no quarto de uma monja a inspeção encontrou um frasco de perfume e, em outro aposento, uma toalha de banho com o nome da proprietária, Filippa, bordado entre flores. A descoberta bastou para que o tirano, demonstrando descaso pela autoridade de Dimitila e diante das mais de duzentas monjas, determinasse severa punição às duas religiosas responsáveis pelos itens. Ato contínuo, endureceu as regras antes impostas, numa tentativa de obrigar as monjas a uma vida de silêncio, sacrifício e penúria.

A humilhação acabou com o respeito pela autoridade episcopal que restava em Dimitila. A abadessa se insurgiu contra o bispo e disse a ele que Le Murate devia obrigação à Regra de São Bento, estritamente cumprida, e que as determinações concebidas por ele não iriam, em hipótese alguma, suplantar as normas da Ordem Beneditina, estabelecidas séculos antes por um homem santo. E seguiu:

– Seria um insulto a são Bento desconsiderar suas sagradas orientações para acatar as crenças equivocadas de um bispo que nem sequer encontram amparo nos decretos do Concílio de Trento e atendem exclusivamente à vossa determinação de oprimir mulheres enclausuradas.

Não bastando, ela ordenou, apontando os portões:

– Retire-se de Le Murate imediatamente e leve consigo sua guarda!

Diante da abrupta resistência da abadessa e temendo que o confronto se transformasse em uma tragédia envolvendo as famílias poderosas de Florença que mantinham parentes entre as muradas, o bispo recuou. Ao abandonar o convento com seu séquito, prometeu retornar com a ordem de expulsão de Dimitila assinada pelo papa.

Tão logo o tirano cruzou os portões, Dimitila desabou e foi amparada pelas amigas de claustro, honradas pela demonstração de brio da dirigente. Imediatamente, ela chamou as monjas, as corrodianas e as internas que tinham laços familiares com os poderosos da política, economia e Igreja. Pediu a elas que se apressassem em escrever aos seus intimando-os para uma reunião emergencial na igreja do convento, que ela marcou para a manhã seguinte. Laura também foi convidada a comparecer, e Mirta, por precaução e garantia de que os fatos ficassem devidamente registrados, oferecendo à história uma versão que escapasse àquela relatada e deturpada pela mão de ferro da Igreja, escreveu a Catarina de Medici.

Na manhã seguinte, cerca de sessenta pessoas, homens e mulheres representantes da elite florentina, chegaram à igreja de Santa Maria Annunziata para atender ao pedido de socorro de suas filhas, irmãs, mães e tias habitantes de Le Murate.

Dirigindo a conversa se encontrava Dimitila, amparada por Mirta, Laura e as filhas da elite. A abadessa deu início à sua fala informando que o convento era um lugar casto e honrado, exemplo de uma austeridade nobre, respeitadora da Regra de São Bento. Seguiu esclarecendo que, de forma ordeira, continuara a atender às exigências pessoais do bispo, apesar de não encontrarem acolhida nem mesmo nas determinações do Concílio de Trento. Ela expôs que, não fossem as doações permanentes oferecidas por Laura e por outros benfeitores anônimos, as religiosas teriam passado fome e frio, entre outras privações. Até esse risco elas haviam aceitado serenamente, mas o bispo ultrapassara todos os limites da dignidade ao fazer homens armados invadirem os aposentos pessoais de cada uma delas em busca de deslizes que só existiam na mente do prelado, permanentemente preocupada em oprimi-las.

Após a fala da abadessa, algumas das monjas de sobrenome poderoso relataram o pavor vivenciado durante o aprisionamento na igreja e a humilhação provocada pelo discurso ofensivo do bispo. Filippa Soderini, uma jovem monja de vinte anos, contou aos pais, presentes à reunião, as ofensas e ameaças recebidas diante de toda a comunidade conventual, comparando-a a uma mulher devassa, orientada pelas trevas e seduzida pela vaidade. O prelado determinara, como penitência, o aprisionamento da jovem monja por um mês, com ração diária de pão e uma jarra de água. Filippa lembrou à mãe, entre lágrimas, que a toalha objeto da fúria do bispo fora um presente da genitora, guardada cuidadosamente entre seus poucos objetos pessoais, com carinho e respeito.

A sra. Soderini não conteve a raiva e se manifestou, dizendo que Filippa era sua filha mais velha e muito amada. Garantiu que a vocação da jovem fora genuína e se apresentara muito cedo, levando-a a optar pelo claustro, e que ela, como mãe, não permitiria que a filha fosse tratada dessa forma, nem mesmo pela Igreja. A manifestação da mulher recebeu apoio imediato do pai de Filippa. Ainda que concordasse que as mulheres deviam obediência e submissão aos homens, ele não toleraria que sua filha fosse exposta a abusos e humilhações públicas. O bispo teria de se entender com os Soderini.

Laura, figura de destaque entre os empresários florentinos, aproveitou a oportunidade da fala da sra. Soderini para se manifestar:

– Fui interna em Le Murate, e aqui recebi as melhores orientações. Sou testemunha ocular da disciplina religiosa e do alto padrão moral deste convento. Não me parece razoável que mulheres devotas fiquem à mercê da tirania de um déspota despropositado.

Determinada a atestar a seriedade que regia a administração conventual, Mirta, com o rosto emoldurado por longos cabelos brancos, apresentou-se à plateia e iniciou sua fala em tom grave:

– A clausura não deveria se tornar instrumento de sujeição da mulher à vontade de um bispo, ou de qualquer outra autoridade eclesiástica, apenas por conta de sua masculinidade.
As verdades que sustentam os valores cristãos se aplicam a todos, homens e mulheres. Sou a mais velha moradora de Le Murate. Vivo por trás destes muros há quase sete décadas, anos de incansável estudo e trabalho intenso. Durante todo esse período, as monjas sempre souberam administrar suas atividades de forma autônoma, independente e honrada, sem ofender os preceitos religiosos. Prestaram um grande serviço às famílias de Florença e até do exterior, educaram suas filhas diletas, consagraram religiosas e ampararam os necessitados através da caridade e da solidariedade.

A velha boticária continuou seu discurso:

– Sei que os decretos trentinos, em muitos casos, estenderam as restrições impostas às mulheres também para fora da vida conventual, impingindo sofrimento desnecessário à população feminina e aumentando o desafio de se viver com alegria e gratidão ao Criador. Mas a queixa agora apresentada por nós, enclausuradas, não deve ser encarada como uma busca por privilégios. A compreensão da situação demanda considerar que, especialmente no caso das monjas, existe uma norma secular que as obriga a uma vida simples e a certa rotina de trabalho. Essa regra, em função de sua rigidez e antiguidade, suplanta as determinações do decreto trentino, sem lhe fazer oposição. O "Ora e Labora" de são Bento sempre foi e seguirá sendo a lei superior a dirigir o cotidiano das monjas e internas. Sinceramente, não vislumbro como privações e dores físicas, humilhações morais e ameaças armadas possam fazer desse ritual de trabalho e preces algo melhor ou mais sublime. Ao contrário, a exigência episcopal se apresenta como um capricho cruel e pouco cristão, derivado apenas da falta de empatia pelo sofrimento alheio e absoluto desprezo pelas mulheres, oriundos da mente de um homem bruto a quem o destino e as forças políticas concederam poder. O exercício do mando, quando se afasta da paridade, transforma-se em instrumento de tortura. Às mulheres, tudo é tirado: educação formal, autonomia, isonomia, respeito e independência. Essas imposições impedem o pleno desenvolvimento de suas habilidades enquanto servem para fundamentar arbitramentos desleais e injustos, que, sistematicamente, terminam com o veredito corrompido da condição inferior. Devoção e santidade são atributos que se manifestam tanto em homens quanto em mulheres e não carecem do suplício para que se revelem. Um exemplo disso é o fato de a cidade de Florença se encontrar sob a proteção de uma mulher, Sant'Anna, avó de Jesus.

O silêncio era absoluto enquanto a idosa continuava:

– As decisões da Igreja frequentemente passam por reforma e, portanto, devem ser acatadas sem perder-se de vista o equilíbrio como proteção contra excessos, e não por insubordinação. Há algumas décadas, Savonarola foi executado em praça pública por defender ideias que em muito se assemelham às agora defendidas pelos decretos de Trento.

A boticária seguiu, exemplificando. Citou a censura imposta à produção cultural, novamente obrigada a se dedicar exclusivamente às artes sacras, e a imposição de regras morais muito restritivas que culpabilizavam a mulher, por princípio e de antemão, sem direito a defesa em qualquer caso. Também mencionou a obrigação de uma educação de espectro limitado, dirigida apenas por livros religiosos que muitas vezes também condenavam as mulheres, além da clausura absoluta, sem qualquer contato com seus entes queridos, que roubava de todas incontáveis direitos.

– Se esta vida de privações, verdadeiro martírio irracional, é a que os senhores desejam para suas filhas e parentes – assinalou –, então basta que se retirem tranquilamente, deixando-as à mercê da fúria episcopal, para que morram à míngua. Mas, caso os senhores reconheçam os abusos promovidos pelo bispo, seu verdugo, que as socorram, sem demora, resgatando-as da dor.

A velha boticária encerrou a fala em meio a lágrimas. Mirta chorava por todas elas e pela repetição de uma história de opressão, frustração, aviltamento e perdas que se renovava incansavelmente e que ela conhecia muito bem, pois que selara seu destino e o de Lorenzo, décadas antes.

A fala de Mirta provocou choro entre as mulheres, tanto leigas como enclausuradas, e grande desconforto entre os homens. Após rápida discussão, da qual uma porção dos presentes preferiu se omitir, uma comitiva foi destacada para acompanhar Dimitila até Roma para exigir que ela fosse recebida pelo papa Pio IV. No dia imediato, a abadessa partiu em busca do socorro do Sumo Pontífice, acompanhada por Mirta, Laura e por duas dúzias de homens e mulheres prósperos de Florença.

A comitiva foi recebida por Pio IV, e as enclausuradas foram ouvidas. O Vigário de Cristo era um homem ponderado, que havia abrandado várias sentenças formuladas por seu antecessor, Paulo IV, e resgatado da condenação diversos livros proibidos pelo Index Librorum Prohibitorum. Não raro, envolvia-se em desentendimentos com religiosos de comportamento tirânico, o que lhe causava frequentes desgastes. Diante do exposto pelas mulheres e usando o poder financeiro e político dos que ali falavam em defesa de suas filhas, irmãs e mães como amparo

para sua decisão, o Santo Padre concedeu a Santa Maria Annunziata o direito de manter a disciplina beneditina e a autonomia na gestão de seus negócios, independentemente do controle episcopal. Pio IV, em sua decisão, ratificou o respeito pela Regra de São Bento e pela seriedade com que as monjas de Le Murate cuidavam de seu fiel cumprimento.

Quando a abadessa e a boticária retornaram a Le Murate, acompanhadas por Laura, com a notícia da conquista, foram recebidas com grande emoção por suas irmãs de infortúnio. Naquela noite, os sinos da igreja badalaram insistentemente, reverberando júbilo, como forma de frisar e anunciar a todos a vitoriosa história de luta e resistência protagonizada pelas muradas de Florença.

Talitha Pereira

Título: Mirta delle Murate
Autor: Sheila Ribeiro Pereira
Preparação de originais: Neide Oliveira
Revisão de texto: João Hélio de Moraes
Criação de capa e projeto gráfico: Helena Salgado
Foto da orelha: Gil Silva
Edição: Ana Landi

Ilustrações da capa e miolo: Talitha Pereira

Dados Internacionais de Catalogação na Publicação (CIP)
(Câmara Brasileira do Livro, SP, Brasil)

Pereira, Sheila Ribeiro
Mirta delle Murate / Sheila Ribeiro Pereira. –
1. ed. – São Paulo : Bella Editora, 2021.

ISBN 978-65-87293-04-2

1. Feminismo 2. Ficção brasileira
3. Mulheres na literatura I. Título.

21-87438 CDD-B869.3

Índice para catálogo sistemático
1. Ficção : Literatura brasileira B869.3
Maria Alice Ferreira - Bibliotecária - CRB-8/7964

Rua São Vicente de Paulo, 95
Santa Cecília, São Paulo (SP)
CEP: 01229-010
Telefone: (11) 2667-2405

www.bellaeditora.com.br

@bellaeditorasaopaulo **bellaeditora**